古玩歌

湘西苗族
民间传统文化丛书
【第二辑】

石寿贵◎编

中南大学出版社
www.csupress.com.cn

出版说明

罗康隆

少数民族文化是中华民族宝贵的文化遗产，是中华文化的重要组成部分，是各民族在几千年历史发展进程中创造的重要文明成果，具有丰富的内涵。搜集、整理、出版少数民族文化丛书，不仅可以为学术研究提供真实可靠的文献资料，同时对继承和发扬各民族的优秀传统文化，振奋民族精神，增强民族团结，促进各民族的发展繁荣，意义深远。随着全球化趋势的加强和现代化进程的加快，我国的文化生态发生了巨大变化，非物质文化遗产受到越来越大的冲击。一些文化遗产正在不断消失，许多传统技艺濒临消亡，大量有历史、文化价值的珍贵实物与资料遭到毁弃或流失境外。加强我国非物质文化遗产的保护已经刻不容缓。

苗族是中华民族大家庭中较古老的民族之一，是一个历史悠久且文化内涵独特的民族，也是一个久经磨难的民族。纵观其发展历史，是一个不断迁徙与适应新环境的历史发展过程，也是一个不断改变旧生活环境、适应新生活环境的发展历程。迁徙与适应是苗族命运的历史发展主线，也是造就苗族独特传统文化与坚韧民族精神的起源。由于苗族没有自己独立的文字，其千百年来的历史和精神都是通过苗族文化得以代代相传的。苗族传统文化在发展的过程中经历的巨大的历史社会变迁，在一定程度上影响了苗族传统文化原生态保存，这也就使对苗族传统文化的抢救成了一个迫切问题。在实际情况中，其文化特色也是十分丰富生动的。一方面，苗族人民的口头文学是极其发达的，比如内容繁多的传说与民族古歌，是苗族人民世世代代的生存、奋斗、探索的总结，更是苗族人民生活的百科全书。苗族的大量民间传说也是苗族民间文学的重要组成部分，它所蕴含的理论价值体系是深深植入苗族社会的生产、生活中的。另一方面，苗族文化中的象形符号文化也是极其发达的，这些符号成功地传递了苗族文化的信息，从而形成了苗族文化体系的又一特点。苗族人民的生活实践也是苗族传统文化产生的又一来源，形成了一整套的文化生成与执行系统，使苗族人民的文化认同感和族群意识凸显。传统文化存在的意义是一种文化多元性与文化生态多样性的有机结合，对苗族文化的保护，首先就要涉及对苗族民间传统文化的保护。

《湘西苗族民间传统文化丛书》立足苗族东部方言区，从该方言区苗族民间传统文化的原生性出发，聚焦该方言区苗族的独特文化符号，忠实地记录了该方言区苗族的文化事实，着力呈现该方言区苗族的生态、生计与生命形态，揭示出该方言区苗族的生态空间、生产空间、生活空间与苗族文化的相互作用关系。

本套丛书的出版将会对湘西苗族民间传统文化艺术的抢救和保护工作提供指导，也会为民间传统文化艺术的学术理论研究提供有益的帮助，促进民间艺术传习进入学术体系，朝着高等研究体系群整合研究方向发展；其出版将会成为铸牢中华民族共同体意识的文化互鉴素材，成为我国乡村振兴在湘西地区落实的文化素材，成为人类学、民族学、社会学、民俗学等学科在湘西地区的研究素材，成为我国非物质文化遗产——苗族巴代文化遗产保护的宝库。

（作者系吉首大学历史与文化学院院长、湖南省苗学学会第四届会长）

总　序

刘昌刚

　　苗族是一个古老的民族，也是一个世界性的民族。据 2010 年第六次全国人口普查统计，我国苗族有 940 余万人，主要分布在贵州、湖南、云南、四川、广西、湖北、重庆、海南等省区市；国外苗族约有 300 万人，主要分布于越南、老挝、泰国、缅甸、美国、法国、澳大利亚等国家。

一

　　《苗族通史》导论记载：苗族，自古以来，无论是在文臣武将、史官学子的奏章、军录和史、志、考中，还是在游侠商贾、墨客骚人的纪行、见闻和辞、赋、诗里，都被当成一个神秘的"族群"，或贬或褒。在中国历史的悠悠长河中，苗族似一江春水时涨时落，如梦幻仙境时隐时现，整个苗疆，就像一本无字文书，天机不泄。在苗族人生活的大花园中，有着宛如仙境的武陵山、缙云山、梵净山、织金洞、九龙洞以及花果山水帘洞似的黄果树大瀑布等天工杰作；在苗族的民间故事里，有着极古老的蝴蝶妈妈、枫树娘娘、竹简兄弟、花莲姐妹等类似阿凡提的美丽传说；在苗族的族群里，嫡传着槃瓠（即盘瓠）后世、三苗五族、夜郎子民、楚国臣工；在苗族的习尚中，保留着八卦占卜、易经卜算、古傩祭祀、老君法令和至今仍盛行着的苗父医方、道陵巫术、三峰苗拳……在这个盛产文化精英的民族中，走出了蓝玉、沐英、王宪章等声震全国的名将，还诞生了熊希龄、滕代远、沈从文等政治家、文学家、教育家。闻一多在《伏羲考》一文中认为延维或委蛇指伏羲，是南方苗之神。远古时期居住在东南方的人统称为夷，伏羲是古代夷部落的大首领。苗族人民中确实流传着伏羲和女娲的传说，清初陆次云的《峒溪纤志》载："苗人腊祭曰报草。祭用巫，设女娲、伏羲位。"历史学家芮逸夫在《人类学集刊》上发表的《苗族洪水故事与伏羲、女娲的传说》中说："现代的人类学者经过实地考察，才得到这是苗族传说。据此，苗族全出于伏羲、女娲。他们本为兄妹，遭遇洪水，人烟断绝，仅此二人存。他们在盘古的撮合下，结为夫妇，绵延人类。"闻一多还写过《东皇太一考》，经他考证，苗族里的伏羲就是《九歌》里的东皇太一。

《中国通史》(范文澜著，人民出版社 1981 年版第 1 册第 19 页)载："黄帝族与炎帝族，又与夷族、黎族、苗族的一部分逐渐融合，形成春秋时期称为华族、汉以后称为汉族的初步基础。"远古时代就居住在中国南方的苗、黎、瑶等族，都有传说和神话，可是很少见于记载。一般说来，南方各族中的神话人物是"槃瓠"。三国时徐整作《三五历纪》吸收"槃瓠"入汉族神话，"槃瓠"衍变成开天辟地的盘古氏。

在历史上，苗族为了实现民族平等，屡战屡败，但又屡败屡战，从不屈服。苗族有着悠久、灿烂的文化，为中华文化的形成和发展做出了巨大贡献，在不同的历史阶段，涌现出了许多可歌可泣的英雄人物。

苗族不愧为中华民族中的一个伟大民族，苗族文化是苗族几千年的历史积淀，其丰厚的文化底蕴成就了今天这部灿烂辉煌的历史巨著。苗族确实是一个灾难深重的民族，却又是一个勤劳、善良、富有开拓性与创造性的伟大民族。苗族还是一个世界性的民族，不断开拓和创造着新的历史文化。

历史上公认的是，九黎之苗时期的五大发明是苗族对中国文化的原创性贡献。盛襄子在其《湖南苗史述略·三苗考》中论述道："此族(苗)为中国之古土著民族，曾建国曰三苗。对于中国文化之贡献约有五端：发明农业，奠定中国基础，一也；神道设教，维系中国人心，二也；观察星象，开辟文化园地，三也；制作兵器，汉人用以征伐，四也；订定刑罚，以辅先王礼制，五也。"

苗族历史可以分为五个时期：先民聚落期(原始社会时期)、拓土立国期(九黎时期至公元前 223 年楚国灭亡)、苗疆分理期(公元前 223 年楚国灭亡至 1873 年咸同起义失败)、民主革命期(1873 年咸同起义失败到 1949 年中华人民共和国成立)、民族区域自治期(1949 年中华人民共和国成立至今)。相应地，苗族历史文化大致也可以分为五个时期，且各个时期具有不尽相同的文化特征：第一期以先民聚落期为界，巫山人进化成为现代智人，形成的是原始文化，即高庙文明初期；第二期以九黎、三苗、楚国为标志，属于苗族拓土立国期,形成的是以高庙文明为代表的灿烂辉煌的苗族原典文化;第三期是以苗文化为母本,充分吸收了诸夏文化,特别是儒学思想形成高庙苗族文化;第四期是苗族历史上的民主革命期(1872年咸同起义失败到1949年中华人民共和国成立),形成了以苗族文化为母本,吸收了电学、光学、化学、哲学等基本内容的东土苗汉文化与西洋文化于一体的近现代苗族文化;第五期是苗族进入民族区域自治期(1949年中华人民共和国成立至今),此期形成的是以苗族文化为母本,进一步融合传统文化、西方文化、当代中国先进文化的当代苗族文化。

二

苗族是我国一个古老的人口众多的民族,又是一个世界性的民族。她以其悠久的历史和深厚的文化而著称于世,传承着历史文化、民族精神。由田兵主编的《苗族古歌》,马学良、今旦译注的《苗族史诗》,龙炳文整理译注的《苗族古老话》,是苗族古代的编年史和苗族百科全书,也是苗族最主要的哲学文献。

距今7800—5300年的高庙文明所包含的不仅是一个高庙文化遗址,其同类文化遍布亚洲大陆,其中期虽在建筑、文学和科技等方面不及苏美尔文明辉煌,却比苏美尔文明早2300年,初期文明程度更高,后期又不像苏美尔文明那样中断,是世界上唯一一直绵延不断、发展至今,并最终创造出辉煌华夏文明的人类文明。在高庙文化区域的常德安乡县汤家岗遗址出土有蚩尤出生档案记录盘。

苗族人民口耳相传的"苗族古歌"记载了祖先"蝴蝶妈妈"及蚩尤的出生:蝴蝶妈妈是从枫木心中变出来的。蝴蝶妈妈一生下来就要吃鱼,鱼在哪里?鱼在继尾池。继尾古塘里,鱼儿多着呢!草帽般大的瓢虫,仓柱般粗的泥鳅,穿枋般大的鲤鱼。这里的鱼给她吃,她好喜欢。一次和水上的泡沫"游方"(恋爱)怀孕后生下了12个蛋。后经鹤宇鸟(有的也写成鸡宇鸟)悉心孵养,12年后,生出了雷公、龙、虎、蛇、牛和苗族的祖先姜央(一说是龙、虎、水牛、蛇、蜈蚣、雷和姜央)等12个兄弟。

《山海经·卷十五·大荒南经》中也记载了蚩尤与枫树以及蝴蝶妈妈的不解之缘:"有宋山者,有赤蛇,名曰育蛇。有木生山上,名曰枫木。枫木,蚩尤所弃其桎梏,是为枫木。有人方齿虎尾,名曰祖状之尸。"姜央是苗族祖先,蝴蝶自然是苗族始祖了。

澳大利亚人类学家格迪斯说过："世界上有两个苦难深重而又顽强不屈的民族，他们就是中国的苗族和分散在世界各地的犹太民族。"诚如所言，苗族是一个灾难深重而又自强不息的民族。唯其灾难深重，才能在磨砺中锤炼筋骨，迸发出民族自强不屈的魂灵，撰写出民族文化的鸿篇巨制。近年来，随着国家民族政策的逐步完善，对寄寓在民族学大范畴下的民族历史文化研究逐步深入，苗族作为我国少数民族百花园中的重要一支，其悠远、丰厚的历史足迹与文化遗址逐渐为世人所知。

苗族口耳相传的古歌记载，苗族祖先曾经以树叶为衣、以岩洞或树巢为家、以女性为首领。从当前一些苗族地区的亲属称谓制度中，也可以看出苗族从母权制到父权制、从血缘婚到对偶婚的演变痕迹。诸如此类的种种佐证材料，无不证明着苗族的悠远历史。苗族祖先凭借优越的地理条件，辛勤开拓，先后发明了冶金术和刑罚，他们团结征伐，雄踞东方，强大的部落联盟在史书上被冠以"九黎"之称。苗族历史上闪耀夺目的九黎部落首领是战神蚩尤，他依靠坚兵利甲，纵横南北，威震天下。但是，蚩尤与同时代的炎黄部落逐鹿中原时战败，从此开启了漫长的迁徙逆旅。

总体来看，苗族的迁徙经历了从南到北、从北到南、从东到西、从大江大河到小江小河，乃至栖居于深山老林的迁徙轨迹。五千年前，战败的蚩尤部落大部分南渡黄河，聚集江淮，留下先祖渡"浑水河"的传说。这一支经过休养生息的苗族先人汇聚江淮，披荆斩棘，很快就一扫先祖战败的屈辱和阴霾，组建了强大的三苗集团。然而，历史的车轮总是周而复始的，他们最终还是不敌中原部落的左右夹攻，他们中的一部分到达西北并随即南下，进入川、滇、黔边区。三苗主干则被流放崇山，进入鄱阳湖、洞庭湖腹地，秦汉以来不属王化的南蛮主支蔚然成势。夏商春秋战国乃至秦汉以降的历代正史典籍，充斥着云、贵、湘地南蛮不服王化的"斑斑劣迹"。这群发端于蚩尤的苗族后裔，作为中国少数民族的重要代表，深入武陵山脉心脏，抱团行进，男耕女织，互为凭借，势力强大，他们被封建统治阶级称为武陵蛮。据史料记载，东汉以来对武陵蛮的刀兵相加不可胜数，双方各有死伤。自晋至明，苗族在湖北、河南、陕西、云南、江西、湖南、广西、贵州等地辗转往复，与封建统治者进行了长期艰苦卓绝的不屈斗争。清朝及民国，苗族驻扎在云南的一支因战火而大量迁徙至滇西边境和东南亚诸国，进而散发至欧洲、北美、澳大利亚。

苗族遂成为一个世界性的民族！

三

苗族同胞在与封建统治者长期的争夺征战中，不断被压缩生存空间，又不断拓展生存空间，从而形成了其民族极为独特的迁徙文化现象。苗族历史上没有文字，却保存有大量的神话传说，他们有感于迁徙繁衍途中的沧桑征程，对天地宇宙产生了原始朴素的哲理认知。每迁徙一地，他们都结合当地实际，丰富、完善本民族文化内涵，从而形成了系列以"蝴蝶""盘瓠""水牛""枫树"为表象的原始图腾文化。苗族虽然没有文字，却有丰富的口传文化，这些口传文化经后人整理，散见于贵州、湖南等地流传的《苗族古歌》《苗族古老话》《苗族史诗》等典籍，它们承载着苗族后人对祖先口耳相传的族源、英雄、历史、文化的再现使命。

苗族迁徙的历程是艰辛、苦难的，迁徙途中的光怪陆离却是迷人的。他们善于从迁徙途中寻求生命意义，又从苦难中构建人伦规范，他们赋予迁徙以非同一般的意义。他们充分利用身体、语言、穿戴、图画、建筑等媒介，表达对天地宇宙的认识、对生命意义的理解、对人伦道德的阐述、对生活艺术的想象。于是，基于迁徙现象而产生的苗族文化便变得异常丰富。苗族将天地宇宙挑绣在服饰上，得出了天圆地方的朴素见解；将历史文化唱进歌声里，延续了民族文化一以贯之的坚韧品性；将跋涉足迹画在了岩壁上，应对苦难能始终奋勇不屈。其丰富的内涵、奇特的形式、隐忍的表达，成为这个民族独特的魅力，成为这个民族极具异禀的审美旨趣。从这个层面扩而大之，苗族的历史文化，便具备了一种神秘文化的潜在魅力与内涵支撑。苗族神秘文化最为典型的表现是巴代文化现象。从隐藏的文化内涵因子分析来看，巴代文化实则是苗族生存发展、生产生活、伦理道德、物质精神等文化现象的活态传承。

苗族丰富的民族传奇经历造就了其深厚的历史文化，但其不羁的民族精神又使得这个民族成为封建统治者征伐打压的对象。甚至可以说，一部封建史，就是一部苗族的压迫屈辱史。封建统治者压迫苗族同胞惯用的手段，一是征战屠杀，二是愚昧民众，历经千年演绎，苗族同胞之于本民族历史、祖先伟大事功，慢慢忽略，甚至抹杀性遗忘。

一个伟大民族的悲哀莫过于此！

四

历经苦难，走向辉煌。中华人民共和国成立后，得益于党的民族政策，苗族与全国其他少数民族一样，依托民族区域自治法，组建了系列具有本民族特色的少数民族自治机构，千百年被压在社会底层的苗族同胞，翻身当家做主人，他们重新直面苗族的历史文化，系统挖掘、整理、提升本民族历史文化，切实找到了民族的历史价值和民族文化自信。贵州和湖南湘西武陵山区一带，自古就是封建统治阶级口中的"武陵蛮"的核心区域。这一块曾经被统治阶级视为不毛之地的蛮荒地区，如今得到了国家的高度重视，中央整合武陵山片区4省市71个县市，实施了武陵山片区扶贫攻坚战略。作为国家区域大扶贫战略中的重要组成部分，武陵山区苗族同胞的脱贫发展牵动着党中央、国务院关注的目光。武陵山区苗族同胞感恩党中央，激发内生动力，与党中央同步共振，掀起了一场轰轰烈烈的脱贫攻坚世纪大战。

苗族是湘西土家族苗族自治州两大主体民族之一，要推进湘西发展，当前基础性的工作就是要完成两大主体民族脱贫攻坚重点工作，自然，苗族承担的历史使命责无旁贷。在这样的语境下，推进湘西发展、推进苗族聚集区同胞脱贫致富，就是要充分用好、用活苗族深厚的历史文化资源，以挖掘、提升民族文化资源品质，提升民族文化自信心；要全面整合苗族民族文化资源精华，去芜存菁，把文化资源转化为现实生产力，服务于我州经济社会的发展。

正是贯彻这样的理念，湘西土家族苗族自治州立足少数民族自治地区的民族资源特色禀赋，提出了生态立州、文化强州的发展理念，围绕生态牌、文化牌打出了"全域旅游示范区建设""国内外知名生态文化公园"系列组合拳，民族文化旅游业蓬勃发展，民族地区脱贫攻坚工作突飞猛进。在具体操作层面，州委、州政府提出了以"土家探源""神秘苗乡"为载体、深入推进我州文化旅游产业发展的口号，重点挖掘和研究红色文化、巫傩文化、苗疆文化、土司文化。基于此，州政协按照服务州委、州政府中心工作和民生热点难点的履职要求，组织相关专家学者，联合相关出版机构，在申报重点课题的基础上，深度挖掘苗族历史文化，按课题整理、出版苗族历史文化丛书。

人类具有社会属性，所以才会对神话故事、掌故、文物和文献进行著录和收传。以民族出版社出版、吴荣臻主编的五卷本《苗族通史》和贵州民族出版社出版的《苗族古歌》系列著作为标志，苗学研究进入了一个新的历史时期。

湘西土家族苗族自治州政协组织牵头的《湘西苗族民间传统文化丛书》记载了苗疆文化的主要内容，是苗族文化研究的重要成果。它不但整理译注了浩如烟海的有关苗疆的历史文献，出版了史料文献丛书，还记录整理了苗族人民口传心录的苗族古歌系列、巴代文化系列等珍贵资料，并展示了当代文化研究成果。

　　党的十八大以来，以习近平同志为核心的党中央，以"一带一路"倡议为抓手，不断推进人类命运共同体建设，以实现中华民族伟大复兴的中国梦为目标，不断推进理论自信、道路自信、制度自信和文化自信。没有包括苗族文化在内的各个少数民族文化的复兴，也不会有完全的中华民族伟大复兴。

　　因此，从苗族历史文化中探寻苗族原典文化，发现新智慧、拓展新路径，从而提升民族文化自信力，服务湘西生态文化公园建设，推进精准扶贫、精准脱贫，实现乡村振兴，进而实现湘西现代化建设目标，善莫大焉！

　　此为序！

2018 年 9 月 5 日

专家序一

掀起湘西苗族巴代文化的神秘面纱

汤建军

2017 年 9 月 7 日，根据中共湖南省委安排，我在中共湘西州委做了题为"砥砺奋进的五年"的形势报告。会后，在湘西州社科联谭必四主席的陪同下，考察了一直想去的花垣县双龙镇十八洞村。出于对民族文化的好奇，考察完十八洞村后，我根据中共湖南省委网信办在花垣县挂职锻炼的范东华同志的热诚推荐，专程拜访了苗族巴代文化奇人石寿贵老先生，参观其私家苗族巴代文化陈列基地。石寿贵先生何许人也？花垣县双龙镇洞冲村人。他是本家祖传苗师"巴代雄"第 32 代掌坛师、客师"巴代扎"第 11 代掌坛师、民间正一道第 18 代掌坛师。石老先生还是湘西州第一批命名的"非物质文化遗产（以下简称'非遗'）保护"名录"苗老司"代表性传承人、湖南省第四批"非遗"名录"苗族巴代"代表性传承人、吉首大学客座教授、中国民俗学会蚩尤文化研究基地蚩尤文化研究会副会长、巴代文化学会会长。他长期从事巴代文化、道坛丧葬文化、民间习俗礼仪文化等苗族文化的挖掘搜集、整编译注及研究传承工作。一直以来，他和家人，动用全家之财力、物力和人力，经过近 50 年的全身心投入，在本家积累 32 代祖传资料的基础上，又走访了贵州、四川、湖北、湖南、重庆等周边 20 多个县市有名望的巴代坛班，通过本家厚实的资料库加上广泛搜集得来的资料，目前已整编译注出 7 大类 76 本

2500 多万字及 4000 余幅仪式彩图的《巴代文化系列丛书》，且准备编入《湘西苗族民间传统文化丛书》进行出版。这 7 大类 76 本具体包括：第一类，基础篇 10 本；第二类，苗师科仪 20 本；第三类，客师科仪 10 本；第四类，道师科仪 5 本；第五类，侧记篇 4 本；第六类，苗族古歌 14 本；第七类，历代手抄本扫描 13 本。除了书稿资料以外，石寿贵先生还建立起了 8000 多分钟的仪式影像、238 件套的巴代实物、1000 多分钟的仪式音乐、此前他人出版的有关苗族巴代民俗的藏书 200 余册以及包括一整套待出版的《湘西苗族民间传统文化丛书》在内的资料档案。此前，他还主笔出版了《苗族道场科仪汇编》《苗师通书诠释》《湘西苗族古老歌话》《湘西苗族巴代古歌》四本著作。其巴代文化研究基地已建立起巴代文化的三大仪式、两大体系、八大板块、三十七种类苗族文化数据库，成为全国乃至海内外苗族巴代文化资料最齐全系统、最翔实厚重、最丰富权威的亮点单位。"苗族巴代"在 2016 年 6 月入选第四批湖南省"非遗"保护名录。2018 年 6 月，石寿贵老先生获批为湖南省第四批非物质文化遗产保护项目"苗族巴代"代表性传承人。

走进石寿贵先生的巴代文化挖掘搜集、整编译注、研究及陈列基地，这是一栋两层楼的陈列馆，没有住人，全部都是用来作为巴代文化资料整编译注和陈列的。一楼有整编译注工作室和仪式影像投影室等，中堂为有关图片及字画陈列，文化气息扑面而来。二楼分别为巴代实物资料、文字资料陈列室和仪式腔调录音室及仪式影像资料制作室等，其中 32 个书柜全都装满了巴代书稿和实物，真可谓书山文海、千册万卷、博大精深、琳琅满目。

石老先生所收藏和陈列的巴代文化各种资料、物件和他本人的研究成果极大地震撼了我们一行人。我初步翻阅了石老先生提供的《湘西苗族巴代揭秘》一书初稿，感觉这些著述在中外学术界实属前所未闻、史无前例、绝无仅有。作者运用独特的理论体系资料、文字体系资料以及仪式符号体系资料等，全面揭露了湘西苗族巴代的奥秘，此书必将为研究苗族文化、苗族巴代文化学和中国民族学、民俗学、民族宗教学以及苗族地区摄影专家、民族文化爱好者提供线索、搭建平台与铺设道路。我当即与湘西州社科联谭必四主席商量，建议他协助和支持石老先生将《湘西苗族巴代揭秘》一书申报湖南省社科普及著作出版资助。经过专家的严格评选，该书终于获得了出版资助，在湖南教育出版社得到出版。因为这是一本在总体上全面客观、科学翔实、通俗形象地介绍苗族巴代及其文化的书，我相信此书一定会成为广大读者喜闻喜阅、喜欣喜爱的书，一定能给苗族历代祖先以慰藉，一定能更好地传播苗民族文化精华，一定能深入弘扬中华民族优秀传统文化。

2017年12月6日，我应邀在中南大学出版社宣讲党的十九大精神时，结合如何策划选题，重点推介了石寿贵先生的苗族巴代文化系列研究成果，希望中南大学出版社在前期积累的基础上，放大市场眼光，挖掘具有民族特色的文化遗产，积极扶持石老先生巴代文化成果的出版。这个建议得到了吴湘华社长及其专业策划团队的高度重视。2018年1月30日，国家出版基金资助项目公示，由中南大学出版社挖掘和策划的石寿贵编著的《巴代文化系列丛书》中的10本作为第一批《湘西苗族民间传统文化丛书》入选。该丛书以苗族巴代原生态的仪式脚本(包括仪式结构、仪式程序、仪式形态、仪式内容、仪式音乐、仪式气氛、仪式因果等)记录为主要内容，原原本本地记录了苗师科仪、客师科仪、道师绕棺戏科仪以及苗族古歌、巴代历代手抄本扫描等脚本资料，建立起了科仪的文字记录、图片静态记录、影像动态记录、历代手抄本文献记录、道具法器实物记录等资料数据库，是目前湘西苗族地区种类较为齐全、内容翔实、实物彩图丰富生动的原生态民间传统资料，充分体现了苗族博大精深、源远流长的文化内涵和艺术价值，对今后全方位、多视角、深层次研究苗族历史文化有着极其重要的价值和深远的意义。

从《湘西苗族民间传统文化丛书》中所介绍的内容来看，可以说，到目前为止，这套丛书是有关领域中内容最系统翔实、最丰富完整、最难能可贵的资料了。此套书籍如此广泛深入、全面系统、尽数囊括、笼统纳入，实为古今中外之罕见，堪称绝无仅有、弥足珍贵，也是有史以来对苗族巴代文化的全面归纳和科学总结。我想，这既是石老先生和他的祖上及其家眷以及政界、学界、社会各界对苗族文化的热爱、执着、拼搏、奋斗、支持、帮助的结果，也体现出了石寿贵老先生对苗族文化所做出的巨大贡献。这套丛书将成为苗族传统文化保护传承、研究弘扬的新起点和里程碑。用学术化的语言来说，这300余种巴代科仪就是巴代历代以来所主持苗族的祭祀仪式、习俗仪式以及各种社会活动仪式的具体内容。但仪式所表露出来的仅仅只是表面形式而已，更重要的是包含在仪式里面的文化因子与精神特质。关于这一点，石寿贵老先生在丛书中也剖析得相当清晰，他认为巴代文化的形成是苗族文化因子的作用所致。他认为：世界上所有的民族和教派都有不同于其他民族的文化因子，比如佛家的因果轮回、慈善涅槃、佛国净土，道家的五行生克、长生久视、清静无为，儒家的忠孝仁义、三纲五常、齐家治国，以及纳西族的"东巴"、羌族的"释比"、东北民族的"萨满"、土家族的"梯玛"等，无不都是严格区别于其他民族或教派的独特文化因子。由某个民族文化因子所产生出来的文化信念，在内形成了该民族的观念、性格、素质、气节和精神，在外则形成了该民族的风格、习俗、形象、身份和标志。通过内外因素的共同作用，形成支撑该民族生生不息、发展壮大、繁荣富强的不竭动力。苗族巴代文化的核心理念是人类的"自我不灭"真性，在这一文化因子的影响下，形成了"自我崇拜"或"崇拜自我、维护自我、服务自我"的人类生存哲学体系。这种理论和实践体现在苗师"巴代雄"祭祀仪式的方方面面，比如上供时所说的"我吃你吃，我喝你喝"。说过之后，还得将供品一滴不漏地吃进口中，意思为我吃就是我的祖先吃，我喝就是我的祖先喝，我就是我的祖先，我的祖先就是我，祖先虽亡，但他的血液在我的身上流淌，他的基因附在我的身上，祖先的化身就是当下的我，并且一直延续到永远，这种自我真性没有被泯灭掉。同时，苗师"巴代雄"所祭祀的对象既不是木偶，也不是神像，更不是牌位，而是活人，是舅爷或德高望重的活人。这种祭祀不同于汉文化中的灵魂崇拜、鬼神崇拜或自然崇拜，而是实实在在的、活生生的自我崇拜。这就是巴代传承古代苗族主流文化(因子)的内在实质和具体内容。无怪乎如来佛祖降生时一手指天，一手指地，所说的第一句话就是："天上地下，唯我独尊。"佛祖所说的这个"我"，指的绝非本人，而是宇宙间、世界上的真性自我。

石老先生认为，从生物学的角度来说，世界上一切有生命的动植物的活动都是维护自我生存的活动，维护自我毋庸置疑。从人类学的角度来说，人类的真性自我不生不灭，世间人类自身的一切活动都是围绕有利于自我生存和发展这个主旨来开展的，背离了这个主旨的一切活动都是没有任何价值和意义的活动。从社会科学的角度来说，人类社会所有的科普项目、科学文化，都是从有利于人类自我生存和发展这个主题来展开的，如果离开了这条主线，科普也就没有了任何价值和意义。从人类生存哲学的角度来说，其主要的逻辑范畴，也是紧紧地把握人类这个大的自我群体的生存和发展目标去立论拓展的，自我生存成为最大的逻辑范畴;从民族学的角度来说，每个要维护自己生生不息、发展壮大的民族，都要有自己强势优越、高超独特、先进优秀的文化来作支撑，而要得到这种文化支撑的主体便是这个民族大的自我。

石老先生还说，从维护小的生命、个体的小自我到维护大的人类、群体的大自我，是生物世界始终都绕不开的总话题。因而，自我不灭、自我崇拜或崇拜自我、服务自我、维护自我，在历史上早就成为巴代文化的核心理念。正是苗师"巴代雄"所奉行的这个"自我不灭论"宗旨教义，所行持的"自我崇拜"的教条教法，涵盖了极具广泛意义的人类学、民族学以及哲学文化领域中的人类求生存发展、求幸福美好的理想追求。也正是这种自我真性崇拜的文化因子，才形成了我们的民族文化自信，锻造了民族的灵魂素质，成就了民族的精神气节，才能坚定民族自生自存、自立自强的信念意识，产生出民族生生不息、发展壮大的永生力量。这就充分说明，苗族的巴代文化，既不是信鬼信神的巫鬼文化，也不是重巫尚鬼的巫傩文化，而是从基因实质的文化信念到灵魂素质、意识气魄的锻造殿堂，是彻头彻尾的精神文化，这就是巴代文化和巫鬼文化、巫傩文化的本质区别所在。

乡土的草根文化是民族传统文化体系的基因库，只要正向、确切、适宜地打开这个基因库，我们就能找到民族的根和魂，感触到民族文化的神和命。巴代作为古代苗族主流文化的传承者，作为一个族群社会民众的集体意识，作为支撑古代苗族生存发展、生生不息的强大的精神支柱和崇高的文化图腾，作为苗族发展史、文明史曾经的符号，作为中华民族文化大一统中的亮丽一簇，很少被较为全面系统、正向正位地披露过。

巴代是古代苗族祭祀仪式、习俗仪式、各种社会活动仪式这三大仪式的主持者，更是苗族主流文化的传承者。因为苗族在历史上频繁迁徙、没有文字、不属王化、封闭保守等因素，再加上历史条件的限制与束缚，为了民族的生存和发展，苗族先人机灵地以巴代所主持的三大仪式为本民族的显性文化表象，来传承苗族文化的原生基因、本根元素、全准信息等这些只可意会、不可言传的隐性文化实质。又因这三大仪式的主持者叫巴代，故其所传承、主导、影响的苗族主流文化又被称为巴代文化，巴代也就自然而然地成为聚集古代苗族的哲学家、法学家、思想家、社会活动家、心理学家、医学家、史学家、语言学家、文学家、理论家、艺术家、易学家、曲艺家、音乐家、舞蹈家、农业学家等诸大家之精华于一身的上层文化人，自古以来就一直受到苗族人民的信任、崇敬和尊重。

巴代文化简单说来就是三大仪式、两大体系、八大板块和三十七种文化。其包括了苗族生存发展、生产生活、伦理道德、物质精神等从里到表、方方面面、各个领域的文化。巴代文化必定成为有效地记录与传承苗族文化的大乘载体、百科全书以及活态化石，必定成为带领苗族人民从远古一直走到近代的精神支柱和家园，必定成为苗族文化的根、魂、神、质、形、命的基因实质，必定成为具有苗族代表性的文化符号与文化品牌，必定成为苗族优秀的传统文化、神秘湘西的基本要素。

石老先生委托我为他的丛书写篇序言，因为我的专业不是民族学研究，不能从专业角度给予中肯评价，为读者做好向导，所以我很为难，但又不好拒绝石老先生。工作之余,我花了很多时间认真学习他的相关著述,总感觉高手在民间,这些文字是历代苗族文化精华之沉淀,文字之中透着苗族人的独特智慧,浸润着石老先生及历代巴代们的心血智慧,更体现出了石老先生及其家人一生为传承苗族文化所承载的常人难以想象的、难以忍受的艰辛、曲折、困苦、执着和担当。

　　这次参观虽然不到两个小时,却发现了苗族巴代文化的正宗传人。遇见石老先生,我感觉自己十分幸运,亦深感自己有责任、有义务为湘西苗族巴代文化及其传人积极推荐,努力让深藏民间的优秀民族文化遗产能够公开出版。石老先生的心愿已了,感恩与我们一样有这种情结的评审专家和出版单位对《湘西苗族民间传统文化丛书》的厚爱和支持。我相信,大家努力促成这些书籍公开出版,必将揭开湘西苗族巴代文化的神秘面纱,必将开启苗族巴代文化保护传承、研究弘扬、推介宣传的热潮,也必将引发湘西苗族巴代文化旅游的高潮。

　　略表数言,抛砖引玉,是为序。

（作者系湖南省社会科学院党组成员、副院长,湖南省省情研究会会长、研究员）

专家序二

罗康隆

　　我来湘西 20 年，不论是在学校，还是在村落，听到当地苗语最多的就是
"巴代"（分"巴代雄"与"巴代扎"）。起初，我也不懂巴代的系统内涵，只知
道巴代是湘西苗族的"祭师"，但经过 20 年来循序渐进的认识与理解，我深
知，湘西苗族的"巴代"，并非用"祭师"一词就可以简单替代。

　　说实在的，我是通过《湘西苗族调查报告》和《湘西苗族实地调查报告》
这两本书来了解湘西的巴代文化的。1933 年 5 月，国立中央研究院的凌纯
声、芮逸夫来湘西苗区调查，三个月后凌纯声、芮逸夫离开湘西，形成了《湘
西苗族调查报告》(2003 年 12 月由民族出版社出版)。该书聚焦于对湘西苗
族文化的展示，通过实地摄影、图画素描、民间文物搜集，甚至影片拍摄，加
上文字资料的说明等，再现了当时湘西苗族社会文化的真实图景，其中包含
了不少关于湘西苗族巴代的资料。

　　当时，湘西乾州人石启贵担任该调查组的顾问，协助凌纯声、芮逸夫在
苗区展开调查。凌纯声、芮逸夫离开湘西时邀请石启贵代为继续调查，并请
国立中央研究院聘石启贵为湘西苗族补充调查员，从此，石启贵正式走上了
苗族研究工作的道路。经过多年的走访调查，石启贵于 1940 年完成了《湘西
苗族实地调查报告》(2008 年由湖南人民出版社出版)。在该书第十章"宗教
信仰"中，他用了 11 节篇幅来介绍湘西苗族的民间信仰。2009 年由中央民
族大学"985 工程"中国少数民族非物质文化研究与保护中心与台湾"中央研
究院"历史语言研究所联合整理，在民族出版社出版了《民国时期湘南苗族调
查实录(1～8 卷)(套装全 10 册)》，包括民国习俗卷、椎猪卷、文学卷、接龙
卷、祭日月神卷、祭祀神辞汉译卷、还傩愿卷、椎牛卷(上)、椎牛卷(中)、

椎牛卷(下)。由是，人们对湘西苗族"巴代"有了更加系统的了解。

我作为苗族的一员，虽然不说苗语了，但对苗族文化仍然充满着热情与期待。在我主持学校民族学学科建设之初，就将苗族文化列为重点调查与研究领域，利用课余时间行走在湘西的腊尔山区苗族地区，对苗族文化展开调查，主编了《五溪文化研究》丛书和《文化与田野》人类学图文系列丛书。在此期间结识了不少巴代，其中就有花垣县董马库的石寿贵。此后，我几次到石寿贵家中拜访，得知他不仅从事巴代活动，而且还长期整理湘西苗族的巴代资料，对湘西苗族巴代有着系统的了解和较深的理解。

我被石寿贵收集巴代资料的精神所感动，决定在民族学学科建设中与他建立学术合作关系，首先给他配备了一台台式电脑和一台摄像机，可以用来改变以往纯手写的不便，更可以将巴代的活动以图片与影视的方式记录下来。此后，我也多次邀请他到吉首大学进行学术交流。在台湾"中央研究院"康豹教授主持的"深耕计划"中，石寿贵更是积极主动，多次对他所理解的"巴代"进行阐释。他认为湘西苗族的巴代是一种文化，巴代是古代苗族祭祀仪式、习俗仪式、各种社会活动仪式这三大仪式的主持者，是苗族文化的传承载体之一，是湘西苗族"百科全书"的构造者。

巴代文化成为苗族文化的根、魂、神、质、形、命的基因实质。这部《湘西苗族民间传统文化丛书》含7大类76本2500多万字及4000余幅仪式彩图，还有8000多分钟仪式影像、238件套巴代实物、1000多分钟仪式音乐等，形成了巴代文化资料数据库。这些资料弥足珍贵，以苗族巴代仪式结构、仪式程序、仪式形态、仪式内容、仪式音乐、仪式气氛、仪式因果为主要内容进行记录。这是作者在本家32代祖传所积累丰厚资料的基础上，通过近50年对贵州、四川、湖南、湖北、重庆等省市周边有名望的巴代坛班走访交流，行程达10万多公里，耗资40余万元，竭尽全家之精力、人力、财力、物力，对巴代文化资料进行挖掘、搜集与整理所形成的资料汇编。

这些资料的样本存于吉首大学历史与文化学院民间文献室，我安排人员对这批资料进行了扫描，准备在2015年整理出版，并召开过几次有关出版事宜的会议，但由于种种原因未能出版。今天，它将由中南大学出版社申请到的国家出版基金资助出版，也算是了结了我多年来的一个心愿，这是苗族文化史上的一件大好事。这将促进苗族传统文化的保护，极大地促进民族精神的传承和发扬，有助于加强、保护与弘扬传统文化，对落实党和国家加强文化大发展战略有着特殊的使命与价值。

（作者系吉首大学历史与文化学院院长、湖南省苗学学会第四届会长）

概　述

　　《湘西苗族民间传统文化丛书》以苗族巴代原生态的仪式脚本(包括仪式结构、仪式程序、仪式形态、仪式内容、仪式音乐、仪式气氛、仪式因果等)记录为主要内容，原原本本地记录了苗师科仪、客师科仪、道师绕棺戏科仪以及苗族古歌、巴代历代手抄本扫描等脚本资料，建立起了科仪文字记录、图片静态记录、影像动态记录、历代手抄本文献记录、道具法器实物记录等资料数据库，为抢救、保护、传承、研究这些濒临灭绝的苗族传统文化打牢了基础，搭建了平台，提供了必需的条件。

　　巴代是古代苗族祭祀仪式、习俗仪式、各种社会活动仪式这三大仪式的主持者，也是苗族主流文化的传承载体之一。古代苗族在涿鹿之战后因为频繁迁徙、分散各地、没有文字、不属王化、封闭保守等因素，形成了具有显性文化表象和隐性文化实质这二元文化的特殊架构。基于历史条件的限制与束缚，为了民族的生存和发展，苗族先人机灵地以巴代所主持的三大仪式为本民族的显性文化表象，来传承苗族文化的原生基因、本根元素、全准信息等这些只可意会、不可言传的隐性文化实质。因为三大仪式的主持者叫巴代，故其所传承、主导、影响的苗族主流文化又被称为巴代文化，巴代也就自然而然地成为聚集古代苗族的哲学家、史学家、宗教家等诸大家之精华于一身的上层文化人，自古以来就一直受到苗族人民的信任、崇敬和尊重。

　　巴代文化简单说来就是三大仪式、两大体系、八大板块和三十七种文化。其包括了苗族生存发展、生产生活、伦理道德、物质精神等从里到表、方方面面各个领域的文化。巴代文化必定成为有效地记录与传承苗族文化的大乘载体、百科全书以及活态化石，必定成为带领苗族人民从远古一直走到近代的精神支柱和家园，必定成为苗族文化的根、魂、神、质、形、命的基因实质，必定成为具有苗族代表性的文化符号与文化品牌，必定成为苗族优秀的传统文化之一、神秘湘西的基本要素。

苗族的巴代文化与纳西族的东巴文化、羌族的释比文化、东北民族的萨满文化、汉族的儒家文化、藏族的甘朱尔等一样，是中华文明五千年的文化成分和民族文化大花园中的亮丽一簇，是苗族文化的本源井和柱标石。巴代文化的定位是苗族文化的全面归纳、科学总结与文明升华。

近代以来，由于种种原因，巴代文化濒临灭绝。为了抢救这种苗族传统文化，笔者在本家 32 代祖传所积累丰厚资料的基础上，又通过近 50 年以来对贵州、四川、湖南、湖北、重庆等省市周边有名望的巴代坛班走访交流，行程 10 多万公里，耗资 40 余万元，竭尽全家之精力、人力、财力、物力，全身心投入巴代文化资料的挖掘、搜集、整编译注、保护传承工作中，到目前已形成了 7 大类 76 本 2500 多万字及 4000 余幅仪式彩图的《湘西苗族民间传统文化丛书》(以下简称《丛书》)有待出版，建立起了《丛书》以及 8000 多分钟的仪式影像、238 件套的巴代实物、1000 多分钟的仪式音乐等巴代文化资料数据库。该《丛书》已成为当今海内外唯一的苗族巴代文化资源库。

7 大类 76 本 2500 多万字及 4000 余幅仪式彩图的《丛书》在学术界也称得上是鸿篇巨制了。为了使读者能够在大体上了解这套《丛书》的基本内容，在此以概述的形式来逐集进行简介是很有必要的。

这套洋洋大观的《丛书》，是一个严谨而完整的不可分割的体系，按内容属性可分为 7 大类型。因整套《丛书》的出版分批进行，在出版过程中根据实际情况对《丛书》结构做了适当调整，调整后的内容具体如下：

第一类：基础篇。分别是：《许愿标志》《手诀》《巴代法水》《巴代道具法器》《文疏表章》《纸扎纸剪》《巴代音乐》《巴代仪式图片汇编》《湘西苗族民间传统文化丛书通读本》等。

第二类：苗师科仪。分别是：《接龙》(第一、二册)，《汉译苗师通鉴》(第一、二、三册)，《苗师通鉴》(第一、二、三、四、五、六、七、八册)，《苗师"不青"敬日月车祖神科仪》(第一、二、三册)，《敬家祖》，《敬雷神》，《吃猪》，《土昂找新亡》。

第三类：客师科仪。分别是：《客师科仪》(第一、二、三、四、五、六、七、八、九、十册)。

第四类：道师科仪。分别是：《道师科仪》(第一、二、三、四、五册)。

第五类：侧记篇之守护者。

第六类：苗族古歌。分别是：《古杂歌》,《古礼歌》,《古阴歌》,《古灰歌》,《古仪歌》,《古玩歌》,《古堂歌》,《古红歌》,《古蓝歌》,《古白歌》,《古人歌》,《汉译苗族古歌》(第一、二册)。

第七类：历代手抄本扫描。

本套《丛书》的出版将为抢救、保护、传承、研究这些濒临灭绝的苗族传统文化打牢基础、搭建平台和提供必需的条件；为研究苗族文化，特别是研究苗族巴代文化学、民族学、民俗学、民族宗教学等，以及这些学科的完善和建设做出贡献；为研究、关注苗族文化的专家学者以及来苗族地区的摄影者提供线索与方便。《丛书》的出版，将有力地填补苗族巴代文化学领域里的空缺和促进苗族传统文明、文化体系的完整，使苗族巴代文化成为中华民族文化大花园中的亮丽一簇。

石寿贵
2020 年秋于中国苗族巴代文化研究中心

前　言

　　苗族前人留传下来的原生态苗歌，简称"苗族古歌"。它以诗歌传唱的形式真实地记录、传承了苗族的族群史、发展史和文明史，是苗族历史与文化传承的载体、百科全书以及活化石。它原汁原味地展示了苗族人民口口相传的天地形成、人类产生、族群出现、部落纷争、历次迁徙、安家定居、生产生活等从内到外、从表到里的方方面面的历史与文化，是一个体系庞大、种类繁多、内容丰富、意境高远、腔调悠长、千姿百态的文化艺术形式，也是一种苗族人民历来乐于传唱、普及程度很高的文化娱乐方式。

　　2011 年 5 月 23 日，"苗族古歌"名列国务院公布的第三批国家级非物质文化遗产扩展项目名录；2014 年 6 月，笔者主持的"花垣县苗族巴代文化保护基地"（笔者自家）被湘西土家族苗族自治州政府授牌为"苗族古歌传习所"，2014 年 8 月，被花垣县人民政府授牌为"花垣县董马库乡大洞冲村苗族古歌传习所"。政府的权威认定集中体现了国家对苗族古歌的充分肯定和高度重视。

　　笔者生活在一个世代传承苗歌之家，八九代人一直都在演唱、创作、传承苗歌。太高祖石共米、石共甲，高祖石仕贵、石仕官，曾祖石明章、石明玉，祖公石永贤、石光，父亲石长先，母亲龙拔孝，大姐石赐兴，大哥石寿山等，都是当时享有名望的大歌师，祖祖辈辈奉行的是"唱歌生、唱歌长、唱歌大、唱歌老、唱歌死、唱歌葬、唱歌祭"的宗旨，对苗歌天生有一种离不开、放不下、丢不得、忘不掉的特殊情感，因而本家祖传的苗歌资料特别丰富。笔者在本家苗歌资料的基础上，又在苗族地区广泛挖掘搜集，进而进行整编译注工作。

　　我们初步将采集到的苗族古歌编辑成了 635 卷线装本，再按其内容与特色分类编辑成《古灰歌》《古红歌》《古蓝歌》《古白歌》《古人歌》《古杂歌》《古礼歌》《古堂歌》《古玩歌》《古仪歌》《古阴歌》，共11本，400余万字，已被纳入国家出版基金项目，由中南大学出版社出版。这批苗族古歌的问世，将成为海内外学术界研究苗族乃至世界哲学、历史学、文学、语言学、人类学、民族学、民俗学、宗教学等学科不可或缺的基本资料，它们生动地体现了古代苗族独创、独特且博大的历史文化和千姿百态、璀璨缤纷的艺术魅力。

截至目前，我们已经出版了《湘西苗族巴代古歌》《湘西苗族古老歌话》等4本苗歌图书。《古灰歌》《古红歌》《古蓝歌》《古白歌》《古人歌》《古杂歌》《古礼歌》《古堂歌》《古玩歌》《古仪歌》《古阴歌》11本被编入了《湘西苗族民间传统文化丛书》第二辑，本册《古玩歌》是这11本中的第9本。

古玩歌，顾名思义，指古代苗族人谈情说爱、娱乐玩耍、轻松开心的歌。在玩年庆节、赶秋、坐八人秋的活动中，在吃樱桃等富有笑料的生活细节中，古玩歌将这些日常生活素材提升得五彩缤纷、万紫千红。苗族是重情感、追求才智的民族，年轻人谈情说爱，大多数靠歌为媒、靠歌沟通、靠歌架桥、靠歌拉近、靠歌结合，因此，唱古玩歌成为年轻人找对象的重要方法之一。在苗族青年男女中，绝大多数都会唱古玩歌，因而苗族的古玩歌也特别多。古玩歌体系大、内容广、种类很多，本册所收录的仅是沧海一粟。

有几点需要提醒读者朋友们注意。苗族古歌基本上都属于诗歌体裁，但在苗区里基本上是五里不同腔、八里不同韵。本册《古玩歌》保存的资料采集于花垣县双龙镇洞冲村一带，此地属于东部方言第二方言区的语音地，书中的苗语发音虽然采用了类似现代汉语拼音的标注方式，但其实与普通话的发音相去甚远。而且，苗族古歌在口口相传的过程中一直没有定本，一直处在流动不居的演变过程之中。这也是本套丛书的价值所在。因此，在整理编写的过程中，笔者也最大程度地保留了采集到的资料的原貌。因苗区各地的音腔不同，所以苗族古歌的唱腔也有不同，共几十种。我们搜集到一些唱腔，但只知道极少数歌者的名字，而大多数歌者无法列出，为保持统一，在本部分所示的二维码中，我们没有列出歌者的名字，诚望读者谅解。

目 录

第一章 男人情歌篇

一、男人情歌

1.

喊我唱来我就唱，

Hand wod changb laix wod jiub changb，

不唱你们紧要喊。

Bux changb nid menx jingd yaod hand.

出口唱来不像样，

Chub koud changb laid bub xiangb yangb，

几见实在尼几见。

Jid jianx shid zaib nid jib jianx.

开口是该闭口相，

Kaid kous shid gaid bib koud xiangt，

阿逃度拢尼麻单。

Ad taob dus longd nix max dand.

同油干格偶几娘，

Tongx youd gans gied ous jib niangx，

松拿兵朋然久干。

Songt nad biongt pengb rax jiud gans.

加剖挂约柔阿郎，

Jiad bout guab yox roud ad nangd，

萨袍然齐久尖尖。

Sead paob rax qis jiud jians jians.

求你众人把我放，
Qiub nid zhongb renx bab wod fangb,
嘎苟内共喂罗连。
Gad gous neib gongb wed luob lianx.

喊我唱来我就唱，不唱你们紧要理。
出口唱来不像样，不像不成我不依。
开口是呆闭口相，这句话儿是真的。
老牛叫声不响亮，唢呐吹响哨子毁。
差我过了半辈上，一切歌唱丢下水。
求你众人把我放，莫把老人我来催。

2.

相蒙秀浪相蒙秀，
Xiangb mengx xiub nangd xiangb mengx xiub,
秀达柔休挂猛从。
Xiub dab roud xiut guab mengd congb.
出内单约便谷求，
Chub neit dandy yox biat guox qiub,
儿猛背叫列猛松。
Jid mengx beid jiaob lieb mengd songd.
同得锐明照久豆，
Tongx dex ruit mingb zhaob jiud dous,
同图热录哈久工。
Tongb tud rex lud had jius gongd.
单约阿去兄头关拢拿几楼，
Dans yox ad qib xiongd toud guanb longd nas jid lous,
得牙得样浪当猛。
Det yab det yangs nangd dangs mengx.

真的挂念真的想，挂念我的年纪跑。
做人年到五十上，不痛膝头要痛腰。
好似草木着了霜，树叶黄透都落了。

到这时啊衣服穿好差模样，排子人样已变老。

3.

愿漂浪兰关够扛，

Yuanb piaod nangd lanb guanb goud gangx,

关否见扛望几见。

Guanb woud jianb gangb wangx jid jianx.

三十六条话柳巷，

Sanb shid liux tiaox huab liud xiangx,

补谷照得口漂言。

Bub guox zhaob des koud piaod yans.

林兰弄几回半娘，

Liongx lanb nongb jid huib band niangx,

周内将虐纵猛玩。

Zhoub neit jiangs niub congb mengd wangx.

出从蒙苟窝求扛，

Chub congb mengd gous aod qiub gangx,

冲到单斗叉吼善。

Chongb daob dans dous chab houd shait.

到久排内拢几娘，

Daob jiud paid neit longd jib niangx,

从汝几单窝得然。

Congb rub jid dans aod dex rax.

苟萨沙蒙吉标崩阿挡，

Goud sead shad mengx jid bious bengx ad tangs,

单意出起几头干。

Danb yib chub qit jid tous gand.

剖内单约五十柔阿朗，

Boud neit danb yox wud shib roud ad nangs,

打奶难会纵猛玩。

Dad lieb nanb huib congb mengd wanx.

游玩花柳浪航上，

Youx wanx huab liux nangd hangx shangd,

列达柔让达起见。

Lieb dad rous rangd dad qis jianx.

愿漂的姐听我唱，不管对错我讲来。

三十六条话柳巷，三十九种口漂言。

多了朋友难走上，排天都去走游玩。

情义大得宽又广，拿到手边满所愿。

得了会期不能忘，好情我记在心间。

把歌教你家中心莫放，也要把心放得宽。

我们人到五十年纪上，自然难去花柳街。

游玩花柳的行上，要趁年轻的时代。

4.

几夫才把歌言造，

Jid fub cais bab guod yanx zhaob，

够扛老表拔桃花。

Goud gangx laod biaos pab taox huab.

秋兄闹夯当求闹，

Qiut xiongt laob hangd dangs qiub laod，

泡牙扛见喂浪拔。

Paob yab gangx jianb wed nangd pab.

想蒙几长洽难到，

Xiangd mengx jib changd qiab nanx daob，

阿忙纵想比便瓦。

Ad mangb congb xiangd bit biat wab.

蒙号见弄录久够你窝襄乔，

Mengx haob jianb nongd lub jiud gous nit aod rangd qiaob，

同绒瓦那你打便。

Tongx rongx was nad nit dad biat.

几忙他拢常走召，

Jid mangb tad longs changs zoud zhaob，

莎尼前世浪缘花。

Sead nib qianx shid nangd yuanx huad.

当堂述苦卜吉叫，

Dangb tangx shud kud pub jid jiaob,

等望金口放银牙。

Dengx wangb jinb koud fangb yinx yab.

算盘九归莎抱交，

Suanb panb jiud guis sead baos jiaod,

想伴风流苟几咱。

Xiangd banb fengd liub goud jib zas.

想念才把歌言造，唱送老表妹桃花。

投生下凡把谁靠，靠你来成我一家。

想你回头恐难到，一夜想你眼睛花。

你也好似画眉被关在笼牢，好似彩虹在天涯。

不料今天你来到，都是前世的缘法。

当堂述苦把你报，等望你的金口放银牙。

算盘九归都把了，想遍风流路途耍。

5.

排蒙受苦见阿气，

Paix mengx shoub kud jianb ad qib,

五梅同达得龙忙。

Wud meib tongx dad dex longs mangx.

抱乖吉标莎见皮，

Baod guat jib boud sead jianb pib,

害浓级乖腊纵想。

Haib niongb jid guat nad congb xiangs.

唐朝纵想薛仁贵，

Tangx chaob congb xiangb xued renx guid,

排蒙吉良喂抄养。

Paib mengx jid nangb wed chaos yangd.

孔明困斗家床睡，

Kongb mingx kunb dous jiab chuangd shuib,

尼牙没从吉上长。

Nib yab meix congb jid shangb changs.

剖奶蒙列扛同吾同豆几水累，

Boud liet mengx lieb gangx tongb wut tongb dous jib shuid lieb,

龙拔吉汝得久长。

Longd pab jid rub dex jius changb.

蒙汝蒙猛你内追，

Mengx rub mengx mengd nit neix zhuib,

斗炯龙崩卜明当。

Dous jiongb longd bengd pub miongx dangs.

召喂单独照苟追，

Zhaob wed dans dux zhaob goud zhuib,

几空蒙见喂浪帮。

Jib kongb mengd jianx wed nangd bangs.

长走卜包埋阿气，

Changs zhoub pub baod manx ad qib,

够板扛蒙候喂想。

Goud biab gangx mengx houd wed xiangs.

想你受苦成一会，泪水落下如水涨。
睡觉见你在梦里，害哥醒后心总想。
唐朝紧想薛仁贵，恋你挂念我心慌。
孔明困在家床睡，你若有情对我讲。
我两个要送如水塘中清透底，和你相好得久长。
你好你在人家去，和你丈夫讲名堂。
丢我单独不过意，总想你成我一帮。
相逢我讲话几句，唱出让你把我想。

6.

纵排纵想蒙埋免，

Congb paid congb xiangd mengx manx mians,

总总免龙拔打奶。

Congb congb mianb longd pas dad liet.

见弄得休免内求告大，

Jianx nongb dex xiut mianb neix qiub gaox dab,

告照内苟儿奶者。

Gaob zhaob neix goud jib liet zheb.

见弄梁山北碰生碰死腊见达,

Jianb nongb liangx shanb beid pengb shengd pengb sid nad jianb dab,

免龙竹家浪小姐。

Mianx longd zhub jiad nangd xiaos jied.

克松克死求告大,

Ked songb ked sid qiub gaod dab,

内没姻缘和路求打内。

Neix meix yind yuanx hed lus qiub dad neix.

想你才讲这种话,

Xiangd nit caib jiangs zheb zhongd huab,

夫蒙高喂想汉事阿不能说。

Fub mengx gaod wed xiangb haib shid ad bux nengd shuob.

思想挂念你情大,总总挂念你一人。

好似无母小儿哭哇哇,倒在路边哪个引。

好似梁山伯碰生碰死归阴下,因为想妹祝英台。

气生气死也无法,只有姻缘和路上天云。

想你才讲这种话,你我二人像那种事万不能。

7.

告够出兰心本愿,

Gaob goub chub land xinb bend yuanb,

浓浓念念阿充林。

Niongx niongx nianb nianb ad chongd liongx.

茶山坐倒来陪伴,

Chab shanb zuob daos laix peib bans,

困在草床出阿拢。

Kunb zaib chaob chuans chub ad longs.

对我的情你也话讲断,

Duib wod dex qingb nit yed huab jiangs duanb,

想好百岁嘎几分。

Xiangd haob baix suib gad jib fend.

二天再走回头看，

Erd tiand zaib zoud huib toud kanb,

尼牙打奶蒙捕兵。

Nib yab dad lieb mengx pub biongd.

如今反心把脸变，

Rub jingd fans xinb bab lianb bianb,

克牙蒙没蒙浪崩。

Ked yab mengx meix mengx nangd bengs.

你们少走我不怪，

Nit mengx shaod zhoud wod bux guaib,

打会洽蒙几到拢。

Dad huib qiab mengx jib daos longd.

今天和你见一面，

Jinb tianb heb nit jianb yid mianb,

召将风流内苟陇。

Zhaob jiangs fengd liub neix goud longs.

苟度难为埋阿全，

Goud dub nanx weid manx ad quanx,

秀牙蒙见内浪猛。

Xiub yab mengd jianx neix nangd mengx.

当初相恋心本愿，浓浓念念很长久。
茶山坐到来陪伴，困在草床卧竹篓。
对我的情你也话讲断，相好百年一辈子。
二天再走回头看，是妹个人讲出口。
如今反心把脸变，看你有人在心头。
你们少走我不怪，只要你愿和我走。
今天和你见一面，话讲风流不要休。
把话难为你一点，小妹你有丈夫守。

8.

够久自接剖浪弄，

Goud jiub zid jieb boud nangd nongb，

架蒙到梅拿单内。

Jiab mengx daox meix nad dans neix．

大家面生初才碰，

Dab jiad mianb shengd chub cais pengb，

江江吉唱埋浪得。

Jiangs jiangs jid changb manx nangd dex．

埋浪假没几单扛剖冲，

Manx nangd jiab meix jid dans gangb boud chongb，

偷苟出样几秋喂。

Toud gous chub yangs jib qiud wed．

崩袍崩佩豆白绒，

Bengd aob bengd peib dous baid rongx，

克干汉拢本秋内。

Ked ganb haid longs bend qiud neix．

想想列梅阿召冲，

Xiangd xiangd lieb meid ad zhaob chongb，

吉嘎够斗打便内。

Jib gad gous dous dad biat neit．

唱了接声歌有用，达你有脸大光彩。
大家面生初才碰，刚刚相逢在这边。
你们的纪念物品拿手中，让我想念在心间。
花好花美我看重，是人看见都喜欢。
想摘一朵桃花红，只恨我的手太短。

9.

龙牙出久萨阿内，

Longb yab chub jiud sead ad neit，

到够吉倡苟善巴。

Daob goud jib changs goud shait bab．

出约纵到得几烈，

Chub yob congb daob dex jis lieb，

内内江岔得够萨。

Neix neix jiangb chab dex goud sead.

白心腊尼拿弄白，

Baid xinb lab nib nad nongb baid，

谷虐几没阿虐咱。

Guox niub jid meix ad niub zas.

想交几空出单得，

Xiangb jiaod jib kongb chub dans dex，

汉浓那林纵想拔。

Haib niongb nad liongx congb xiangb pab.

就牙长洞萨阿内，

Jiub yab changs dongb sead ad neit，

几到见乙否腊差。

Jid daob jianb yib woud nad chat.

和妹唱了歌一天，唱了以后融心里。

唱歌得了心恋爱，天天也愿把歌说。

好情融在我心肝，一辈子都不能歌。

想交不肯成亲眷，害我想天又想夜。

邀你来唱歌一天，若不成家也值得。

10.

约其常走号拢炯，

Yob qit changs zoud haob longd jiongb，

营盘扎照窝家迟。

Yinx panx zhab zhaob aod jiad chib.

迷奶兵拢拔内令，

Mix lieb biongd longd pab neix liongb，

莎尼善才浪牙苟。

Sead nib shait caid nangd yab goud.

山鸟几干陪龙凤，

Shanb niaob jid ganb peib longx fengb,

董永走汝拔七子。

Dongb yongb zud rub pad qib zis.

家萨窝声几空朋,

Jiad sead aox shongt jid kongb pengd,

卜度同内立开口。

Pub dub tongx neit lid kais koud.

加萨再加告声龙,

Jiad sad zaib jiad gaox shongx longd,

将牙出起写几头。

Jiangb yab chub qit xied jis toud.

约你今日来相送，营盘扎在山坡野。

个个都是女英雄，都是有才又有德。

山鸟不敢陪龙凤，董永才得仙七姐。

歌言丑了不中用，讲话如同见心也。

歌丑声丑但情浓，心中莫把我看白。

11.

起口自接剖浪弄,

Qid kous zid jied boud nangd nongb,

难为苟度龙剖有。

Nanx weib goud dub longd bious youd.

花堂最久麻林总,

Huab tangx zuib jiud max liongx congb,

同崩豆汝几果周。

Tongx bengd dous rub jid guot zhoub.

想想列梅阿召冲,

Xiangd xiangd lieb meib ad zhab chongb,

家剖浪,

Jiad boud nangb,

人材相貌生得丑。

Renx caix xiangd maob shengd dex choud.

豆剖浪萨情义重，

Dous boud nangd sead qingx yib zhongb，

苟度难为内浪欧。

Goud dub nanx weix neix nangd oud.

起口就把我歌碰，难为把话和我留。

花堂齐了多人众，如花似玉美女子。

想摘一朵桃花红，差在我们人才相貌生得丑。

接我的歌情义重，把话难为人妻子。

12.

言辞把歌唱一唱，

Yanx cib bab guod changb yib changb，

常咱走牙苟萨玩。

Changd zas zoud yab goud sead wanx.

几个到拢大大忙，

Jid guob daob longd dad dad mangx，

到炯背苟窝家干。

Daob jiongb beid goud aod jias gand.

吾秀弄几浪卡娘，

Wut xiut nongb jid nangd kad niangx，

汉曹够照路中间。

Haib caob goud zhaob lub zhongd jians.

汉曹几斗得卜扛，

Haib chaob jid dous dex pub gangx，

当克仁贵救转来。

Dangb ked renx guib jiub zhuand lais.

乌鸦之鸟你告螃，

Wud yab zhid niaod nit gaox bangd，

昂昂大叫埋腊安。

Ghax ghax dad jiaob manx nad ans.

空苦嘎出起欧挡，

Kongb kud gad chub qit oud dangs，

莫做云头来遮天。

Mob zuob yunx toud laix zhed tians.

就拔养常会大忙，

Jiub pab yangd changs huib dad mengb,

埋浪从汝见几然。

Manx nangd congb rub jianb jid rax.

言辞把歌唱一唱，相逢姐妹唱歌言。

也都得来四五趟，得坐草堂在深山。

露水没干心不放，陷槽落在路中间。

陷槽没有地方讲，等望仁贵救转来。

乌鸦之鸟在山上，啼鸣不止也可怜。

肯苦莫做两头光，莫做云头来遮天。

约你多走莫退让，你们情义记千年。

13.

龙牙出约萨阿从，

Longb yab chub yox sead ad congb,

到够打逃苟善巴。

Daob goud dad taob goud shait bab.

夜夜思想在心中，

Yueb yueb sid xiangd zaib xind zhongs,

秀达纵秋蒙汝萨。

Xiub dad congb qiud mengx rub sead.

秋拔拿告阿抢梦，

Qiud pab nad gaox ad qiangd mengx,

锐烈几能吾几沙。

Ruit lieb jid nongx wud jib shad.

几安到约棍草松，

Jid ans daob yox gunt caod songd,

几开拢牙台白萨。

Jid kais longd yab tand baid sead.

和妹唱了歌情浓，得唱几轮我心渴。
夜夜思想在心中，留恋挂念你的歌。
想妹如患大病痛，饭菜不吃水不喝。
不料得了灾星重，不知妹会同情我。

14.

常走管捕阿从度，
Changs zoud guanb pub ad congb dub，
够扛老表拔当花。
Goud gangb laod biaos pad dangs huad.
秀埋浪萨相蒙汝，
Xiub manx nangd sead xiangb mengx rub，
秀牙巴秋麻汝萨。
Xiub yab bab qiut max rub sead.
高够保最窝求度，
Gaox goud baod zuib aod qiub dub，
想好万岁嘎几怕。
Xiangd haod wanb suib gad jib pad.
怕蒙想见拿几虐，
Pab mengx xiangb jianb nad jib niub，
拿内挂就单长沙。
Nad neix guab jiud dans changs shad.
修心常猛崩浪无，
Xiud xinb changs mengd bengd nangd wub，
改恶从善久几洽。
Gaid eb congb shait jiud jib qiab.
无心对我有缘故，
Wub xinb duib wod youd yuanx gud，
几江几空喂腊咱。
Jid jiangx jid kongb wed lab zas.
常猛龙崩几苦汝，
Changd mengx longd bengd jib kus rub，
几苦吉汝苟喂怕。

Jid kub jix rub goud wed pab.

重逢我把苦情述，唱送老表好歌手。
想把你的歌留住，恋妹老表好才子。
当初报我话缘故，想好万岁得长久。
别开没有几日数，好似一个长年头。
修心回去陪丈夫，改恶从善把心修。
无心对我有缘故，不愿不肯和我走。
回去与你老公住，相爱把我忘不知。

15.
高够龙牙蒙见兰，
Gaod gous longd yab mengx jianx lans,
龙拔到捕度阿瓦。
Longd pab daob pub dub ad wab.
吉龙同船扒下海，
Jid longs tongx chuans bab xiab hais,
召将扛喂打奶八。
Zhaob jiangx gangx wed dad liet bab.
几汉想牙蒙没干，
Jid haib xiangd yab mengx meix gans,
无故召喂想无法。
Wux gub zhaob wed xiangb wux fab.
梅得到绒喂腊安，
Meix dex daob rongx wed nad ans,
得新忘旧包召那。
Dex xinb wangb jiub baod zhaob nat.
出扛喂抄拿虐满，
Chub gangb wed chaos nab niub manx,
柔让排拔内内昂。
Roud rangb paid pab neix neix ghax.

当初和妹来恋爱，和你得有情义大。

你我同船扒下海，放手送我单人扒。

不知为何做这般，无故丢我想无法。

你有相好在一边，得新忘旧把我耍。

做送我心粉粉烂，天天想妹把泪洒。

16.

高够见兰合合细，

Gaod goub jianx lanb hed hed xib,

想交情重深如海。

Xiangd jiaos qingx zhongb shengd rub hais.

想交成熟莫退位，

Xiangd jiaod chengd shub mox tuib weid,

龙牙列弓桥扛见。

Longd yab lieb gongb qiaob gangx jians.

几夫列捕度板地，

Jid fub lieb pub dub biad dib,

到葡拿苟拿绒善。

Daob pub nab goud nab rongx shait.

怕楼阿冬几没会，

Pab loud ad dongx jib meix huib,

窝兰挂度从嘎然。

Aod lanb guab dub congb gad rax.

子公得了正坐位，

Zid gongb dex leb zhengd zuob weib,

带兵常求西方反。

Daib bingd changd qiub xid fangs fans.

云常反心归刘备，

Yunx changd fans xind guis liux beib,

包召曹操在江南。

Bad zhaob caos caod zaib jiangs nanx.

到蒙苟常强强会，

Daob mengx goud changs qiangd qiangd huib,

十分病重九分解。

Shid fend bingb zhongb jiud fend jies.

当初相好和和谐，想交情重深如海。
想交成熟莫退位，和妹弓桥要登边。
相好要讲话实际，名誉得如大高山。
我们分开成一会，你的情义记心间。
子公得了正座位，带兵转到西方反。
云长反心归刘备，去开曹操在江南。
得你回来我满意，十分病重九分解。

17.

结义龙蒙拢相好，

Jiex yib longd mengx longd xiangs haod,

苟拔到他尼喂难。

Goud pab daob tab nit wed nanb.

排蒙挂念不得了，

Paid mengx guab nianb bub dex liaod,

几图吉用喂浪善。

Jib tub jid yongb wed nangd shait.

你们出嫁配人早，

Nit menx chub jiad peib renx zaos,

同缪抢八苟几关。

Tongb mioud qiangd bab goud jib guans.

权限自由又减少，

Qianx xuanb zid youb youd jians shaod,

不像在家的时间。

Bux xiangb zaid jiad dex shib jiand.

能内浪列由内包，

Nongx neix nangd lieb youd neix baod,

酷兰列内扛崩见。

Kub lanx lieb neix gangb bengd jianx.

开蒙到葡同提高，

Kaid mengx daob pub tongb tib gaos,

你又不敢把头抬。

Nit youd bub gand bab toud tans.

柳巷将蒙嘎苟召，

Liub xiangb jiangs mengx gad gous zhaob，

爱走赶快达青年。

Aib zoud ganb kuaib dad qings nianx.

人在世间难免老，

Renx zaib shid jianb nanx miand laos，

同样花开二月间。

Tongx yangb huab kaid erd yueb jians.

几没总豆几果召，

Jid meix congb dous jib guot zhaob，

花开花谢不久开。

Huab kaid huab xieb bub jiud kais.

柳巷爱玩抓紧跑，

Liub xiangb aid wanx zhab jingd paos，

免得安且久缪产。

Mianx dex and qied jius mioud chans.

结义和你来相好，你今好过是我难。
想你挂念不得了，恍惚不下我心连。
你们出嫁配人早，似鱼两下已穿串。
权限自由又减少，不像在家的时间。
吃人的饭由人了，走亲要送丈夫愿。
你也名上得提高，你又不敢把头抬。
柳巷路途莫丢抛，爱走赶快达青年。
人在世间难免老，同样花开二月间。
没有花儿长久好，花开花谢不久开。
柳巷爱玩抓紧跑，免得日后悔不转。

18.

半夜三更把路走，

Banb yueb sand gengd bab lub zoud，

辛苦就是为我的。

Xind kus jiub shid weib wod dex.

几梅牙要埋你标，

Jid meix yax yaob manx nit boud,

代乙卜度苟崩陪。

Daib yib pub dub goud bengs peix.

埋欧奶号难抱几炯出阿苟，

Manx out lieb haob nanx baod jib jiongb chub ad gous,

身上脱衣笑眯眯。

Shengd shangb tuob yid xiaod mis mis.

同睡一床宽心偷，

Tongx shuib yid changb kuand xinb toud,

吉汝欧崩热情乙。

Jib rub oud bengd rax qingb yib.

告教平蒙平喂头，

Gaox jiaob ping mengx pingx wed toux,

代乙几嘎虫的的。

Daib yib jid gas chongb des des.

鸡叫三更舞狮子，

Jid jiaob sand gengd wud shid zis,

双方愉快乐有益。

Shuangd fangb yid kuaib led yous yib.

今夜你们来到此，

Jinb yueb nit menx laix daob cid,

辛苦味浓崩久几。

Xinb kud weib niongb bengd jius jid.

要度前色列嘎欧，

Yaob dub qianb sed lieb gad ous,

宽心将牙几筐起。

Kuanx xinb jiangs yab jib kuangd qit.

半夜三更把路走，辛苦就是为我的。
不然你坐家里头，坐在家里把夫陪。
你们两个喊困上床一同走，身上脱衣笑眯眯。
同睡一床宽心透，两下相好热情起。

摸你摸我不放手，相拥相抱情浓溢。
鸡叫三更舞狮子，双方愉快乐有逸。
今夜你们来到此，辛苦为我不值得。
少话填塞你莫怄，宽心远看才可以。

19.

今夜你们很辛苦，

Jind yueb nit menx hend xins kud，

摸走夜路受苦难。

Mod zoub yueb lub shoud kud nanb.

劳累达王吉苟捕，

Laob lieb dad wangx jid gous pub，

人义很深大无边。

Renx yib hend shengd dad wux bians.

古话钱财如粪土，

Gud huab qianx cais rux fend tus，

阿逃度拢尼麻单。

Ad taob dus longd nix max dans.

走剖阿占同打油，

Zoud boud ad zhanb tongb dad yous，

见见几安难为埋。

Jianx jianb jid ans nanx weid manx.

纵列出起嘎背就，

Congb lieb chub qit gad beid jiub，

从苦从汝梅喂见。

Congb kud congb rub meix wed jians.

回去立名传千古，

Huib qib lid mingx chuand qians gud，

儿又传子子来传。

Erd youb chuanb zid zid lais chuanx.

扛内到度奶奶卜几舞，

Gangx neix daob dub lieb lieb pub jid wus，

表扬吉豆万古排。

Biaod yangx jid dous wans gud paix.

修汝良松炯苟虐，

Xiub rub nangd songb jiongb goud niub,

蒙气燕山浪世界。

Mengx qib yand shanb nangd shid jieb.

得让拢毕首出补，

Dex rangb longd bib shoud chub bub,

五子榜上名远传。

Wud zis bangd shangb mingx yuanb chuans.

那林言度几没组，

Nad liongx yand dub jid meix zus,

告喂浪度拔叉算。

Gaod wed nangd dub pad chab suanb.

单虐发财周求求，

Danb niub fab cais zhoub qiub qiub,

你才相信我真言。

Nit caib xiangb xinb wod zhengd yanx.

今夜你们很辛苦，摸走夜路受苦难。
劳累搭帮恋情主，仁义很深大无边。
古话钱财如粪土，这句话讲是真言。
碰到我们如牛牯，完全不知谢你谈。
总要宽心声莫做，苦情我们记心间。
回去立名传千古，儿又传子子来传。
让人得话人人都讲出，表扬四下万古排。
修好良心天佑扶，坐替燕山的世界。
小儿投胎来得多，五子榜上名远传。
我的话儿不会组，照我的话你才算。
到日发财笑乎乎，你才相信我真言。

20.

怕楼几干害喂抄，

Pab loub jid gans haib wed chaos，

忧愁多重大如山。

Youb choub duos zhongb dad rub shand.

吾梅吉江同留哨，

Wut meib jid jiangs tongx liud shaod，

不娘阿虫浪水碾。

Bub niangx ad chongb nangd shuid nians.

锐列特特能阿毛，

Ruit lieb teb teb nongx ad maos，

同病倒床不管天。

Tongx bingb daos chuanx bub guanb tiand.

黄皮寡瘦身委绕，

Huangx pib guax shoub shengd weid raos，

走路要拿棍子产。

Zoud lub yaod nab gunt zid chans.

吉葡到比会跑跑，

Jib pub daob bib huib paod paod，

矮陀腰干弯又弯。

And tuob yaod gans wangd youb wangd.

为你这样的心劳，

Weib nib zheb yangb ded xinb laob，

挂念排蒙蒙儿安。

Guab nianb paid mengx mengx jid ans.

出写炯总崩浪号，

Chub xieb jiongb congb bengd nangd haob，

同绒到汝麻冬干。

Tongx rongx daob rub max dongs gans.

龙崩吉然同白早，

Longd bengx jib rax tongx baid zaos，

阿见几没松酷兰。

Ad jianx jid meix songd kud land.

有缘喂拢弄蒙漂，

Youd yuanx wed longs nongd mengx piaod，

嘎将腊他苟儿关。

Gad jiangb nad tab goud jib guans.

席列年长苟剖告，

Dub lieb nianx changs goud boud gaob，

做个人情送我点。

Zuob guob renx qingx songb wod dians.

嘎忙扛浓喂咱巧，

Gad mengb gangb niongx wed zas qiaos，

浓纵浓汝喂腊安。

Niongb zongx niongb rub wed nad ans.

隔久不见害我操，忧愁多重大如山。

泪水流下如涨潮，推动一盘的水碾。

饭菜不想吃一毫，如病倒床不管天。

黄皮寡瘦身萎弱，走路要拿棍子跺。

头抬不起满头毛，矮驼腰杆弯又弯。

为你这样的心劳，挂念想你不知天。

坐在夫家你过好，好似龙神归大海。

和夫糯粑来打绞，一点不想把我见。

有缘我来和你漂，莫放邋遢不去管。

也要回转又来朝，做个人情送我点。

不要让我费心劳，好情我记在心间。

21.

青年挂上喂儿彭，

Qingb nianx guab shangb wed jib pengx，

麻言几到弄几出。

Max yand jib daob nongb jid chub.

现在年几二十零，

Xianb zaib niand jib erd shib lingb，

同重求猛冬背古。

Tongb zhongb qiub mengx dongb beid gus.

浓到浓常让阿龙，

Niongb daob niongb changs rangb ad longs，

柳巷养闹苟吉苦。

Liub xiangb yangb laob goud jib kus.

一来解放又清平，

Yib laix jied fangb youd qingd pings，

匪盗消灭牙雅久。

Feib daob xiaob mieb yab yad jius.

夜头睡觉不关门，

Yueb toud shuib jiaob bub guanb menx，

平头逃鸟乖热书。

Pingb toud taob niaob guat rax shud.

黑夜行走带白银，

Heid yueb xingb zoub daib baid yinx，

看见人家不敢鲁。

Kanb jianb renx jiad bub gans lud.

男女老少足宽心，

Nanb nit laod shaob zud kuans xind，

达要窝求没政府。

Dab yaob aod qiub meix zhengb fud.

龙样提高养阿从，

Longd yangb tib gaod yangb ad congb，

权限自由由巴都。

Qianx xianb zib youb youb bab dous.

没有对象找婚姻，

Meix youd duib xiangb zhaod hund yins，

内骂叔伯儿敢阻。

Neix mab shud bob jid gans zus.

包办婚姻就不能，

Baod banb hund yins jiub bub nengd，

自愿自觉由拔出。

Zid yuanb zid jues youd pab chub.

干汝阿当埋年青，

Ganb rub ad dangb manx nianx qingd,

再蒙得牙巴席午。

Zaib mengd dex yab bab xid wus.

龙浓浪久久前程，

Longd niongx nangd jius jius qianx chengx,

秀埋纵岔大片古。

Xiub manx congb chab dad pianb gud.

青年过去我痛心，后悔年过成老人。

现在年几二十零，好似上梯巳上登。

买得想买从头轮，柳巷多走一些情。

一来解放又清平，匪盗消灭都肃清。

夜头睡觉不关门，太平睡觉不忧心。

黑夜行走带白银，看见人家不敢侵。

男女老少都宽心，都有政府帮担承。

妇女提高翻了身，权限自由由本身。

没有对象找婚姻，父母叔伯不敢横。

包办婚姻就不能，自愿自觉由你行。

最好那些当年青，再你姐妹唱戏兴。

我的面上了前程，留恋你们唱歌声。

22.

苟度前言埋浪久，

Goud dub qianx yans manx nangd jius,

纵列出写几筐善。

Congb lieb chub xied jib kuangx shait.

容情一阵莫忙走，

Rongx qingx yid zhengb mod mangx zous,

洞浓加萨够大遍。

Dongb niongx jiad sead goud dad biand.

日后相逢是少有，

Rd houb xiangb fengd shib shaob youd,

苟追难到常咱埋。

Goud zhuib nanx daob changs zas manx.

秀埋几娘叉开口，

Xiub manx jib niangx chab kaid kous,

几尼冲江洞没才。

Jid nib chongb jiangs dongb meix cais.

我又过其花过柳，

Wod youb guod qis huab guod liud,

自己抱愧不青年。

Zid jib baob kuib bub qingd nianx.

头唱歌言头害羞，

Toud changb guod yanx toud haid xiud,

皮够洽牙苟喂谈。

Pib goud qiab yad gous wed tanx.

安松吉吹扛得苟，

And songx jid chuib gangb ded goud,

几夫柔让喂叉玩。

Jid fub roud rangx wed chab wangx.

得梦各人自己知，

Dex mengd ges renx zid jis zhid,

几尼陪拔浪世界。

Jid nib peid pad nangd shib jied.

达尼够巧嘎管否，

Dad niex goud qiaod gad kuanx woud,

内共共约得得反。

Neix gongb gongb yox dex dex fant.

久要列斗喂阿够，

Jiud yaob lieb dous wed ad gous,

几到干拔阿伞伞。

Jid daob gand pab ad said said.

把话填言这女子，总要把心来放宽。
容情一阵莫忙走，听我把歌唱几遍。

日后相逢是少有，以后得见怕很难。
心中想念才开口，不是冲讲我有才。
我又过其花过柳，自己抱愧不青年。
头唱歌言头害羞，边唱边怕把我谈。
安心推送旁人做，留恋青春的世界。
得梦各人自己知，不是陪你的时代。
若唱不好心莫忧，人到老了受人烦。
多少你总要接口，不会污染到永远。

23.

苟拍风流送猛上，
Goud pab fengd liub songb mengx shangb，
到他汝蒙害喂偷。
Daob tab rub mengx haid wed tous。
喂告几单拔告样，
Wed gaox jib dans pad gaox yangd，
腊照几够克阿柔。
Nad zhaob jid gous ked ad rous。
龙拢久得苟先将，
Longd longb jiud dex goud xians jiangs，
窝浪全国尼喂秋。
Aod nangd quanx guob nid wed qius。
你来替我要原谅，
Nit laid tuib wod yaod yuanx liangd，
出浓那林苦写头。
Chub niongb nad liongx kud xied tous。
你看我们无对象，
Nid kanb wod menx wud duib xiangb，
龙浓抄松洽巴欧。
Longd niongx chaod songb qias bad ous。
保蒙苟写苟善将，
Baod mengx goud xieb goud shait jiangs，
破坏婚姻不能够。

Pob huaib hund yins bub nengx goud.

让缪久怕内浪抗，

Rangb mioud jius pab neix nangd kangb，

平白无故腊苟欧。

Pingb baid wux gud nad gous oud.

埋号尼汉上总浪梅没内藏，

Manx haod nit haib shangb congb nangd meib meix neix zhangs，

又上口链又扯手。

Youb shangb koud lianx youd ched shoud.

道路风流逢正当，你们正好大日头。
我到不起你边上，也在远处看影子。
心想不得叹气放，整个全国是我丑。
你来替我要原谅，我也实在苦心头。
你看我们无对象，也要替我解忧愁。
报你也要放心肠，破坏婚姻不能够。
打鱼不能把水放，平白无故下毒手。
你们是那套鞍的马有主将，又上口链又扯头。

24.

几夫造到打片萨，

Jid fub zhaob daob dad pianb sead，

不会唱歌又为难。

Bub huib changb guod yous weix nanx.

高够龙牙会几杂，

Gaob goud longs yab huib jid zhab，

王拢莎会几关天。

Wangx longd sead huib jib guans tiand.

吾鸟吉度喂朋牙，

Wut niaox jid dub wed pengx yab，

够闹背公浓见先。

Goud laob beid gongb niongx jianx xiant.

蒙卜昂几尼昂阿，

Mengx pub ghax jid nib ghax as,

总总阿逃久几边。

Congb congb ad taob jiud jib bians.

到出夫计不要她，

Daob chub fub jib bub yaod tas,

腊尼拿拢浪没善。

Lab nib nad longs nangd meix shaid.

常嘎嘎东猛出加，

Changb gad gad dongs mengx chub jiad,

内拔几洽高根见。

Neix pab jid qiab gaod gend jianx.

斗炯内冬列吉打，

Dous jiongb neix dongt lieb jid das,

脚色卜度嘎悔善。

Jiaod seb pub dub gad huis shait.

挂念造成歌几首，不会唱歌又为难。
当初和你把路走，现在上隐不管天。
口水吐下我接收，吞下喉中浓油盐。
你讲的话有准头，总总一句不能偏。
得你来做女朋友，满心满意在心间。
若是肯做我妻子，愿花万千的银钱。
若是得成心无忧，角色讲话如钉板。

25.

不会今又唱一词，

Bub huib jinb youd changb yid cis,

几水腊列几偶出。

Jid shuit lab lieb jib oud chub.

够加将牙管否求，

Goud jiad jiangs yab guab woud qiub,

纵列出起嘎背久。

Congb lieb chub qit gad beib jiud.

关述点点话情由，

Guanb shub dianb dianb huab qingb youd,

合像小儿哭送母。

Hed xiangb xiaod erb kub songb mud.

初一干抢苟蒙走，

Chub yid ganb qiangb goud mengx zoud,

牙要几狼岔苟都。

Yad yaob jid nangb chab goud dous.

难拔一逃你刚斗，

Nanb pab yid taob nit gangb dous,

报梅对剖几虐虐。

Bao meib duis boud jib niub niub.

克咱喂莎起几吼，

Ked zas wed sead qit jib houd,

没度对蒙几敢捕。

Meix dub duib mengx jib gand pub.

到崩内令列将就，

Daob bengd neix liongb lieb jiangd jiub,

夫妻情义浓突土。

Fub qib qingx yid niongb tud tud.

排拔尼害喂浪就，

Paix pab nit haib wed nangd jius,

孤单各人心中苦。

Gub dans ged renx xinb zhongb kud.

嘎弄出萨窝起受，

Gad nongb chub sead aot qit shoud,

秀拔纵盆阿从古。

Xiub pab congb pengb ad congb gud.

不会今又唱一词，不会也要学习耍。

歌言差了难接受，总要原谅莫管他。

也述点点话情由，活像小儿哭送妈。

初一碰你在场头，你也急忙来找岔。

一句喊你应得迟，心中不快脸都垮。
看见我来声不做，有话对对不敢发。
嫁到夫家要将就，夫妻情义如天大。
想你是害我忧愁，孤单各人心中踏。
口里唱歌心里抖，恋你歌唱来表达。

26.

几偶苟萨够阿炯，

Jid ous goud sead goud ad jiongb,

都要学习唱几嘴。

Dous yaod xued xid changb jid zuis.

几没良拔数溜够汝洞，

Jid meix nangb pab shub liud goud rub dongx,

同样口琴吹一吹。

Tongx yangb koud qingx cuid yib cuid.

相交秀蒙阿吼弄，

Xiangb jiaod xiud mengx ad houb nongd,

谈唱牙林为师矣。

Tand changb yad liongx weid shid yid.

今天会合得相碰，

Jinb tianb huib hed dex xiangb pengd,

又要大家帮家归。

Youb yaod dad jiad bangb jiad guis.

汝蒙常猛婆家送，

Rub mengx changs mengx pod jiad songb,

修豆斗劳亚不几。

Xiub dous doud laod yad bub jis.

单标亚没崩苟梦，

Dans boud yad meix bengd goud mengx,

窝起到他心中美。

Aod qit daod tab xinb zhongb meix.

夜里同床一枕共，

Yued lib tongx chuangb yid zhengd gongb,

阿全几没想照最。

Ad quanb jid meix xiangb zhaob zuib.

汉浓孤单忧愁重，

Haid niongb gud dans youd choud zhongb，

免达龙埋拔美女。

Mianb dad longs manx pad meix nid.

阿修标标拿儿蒙，

Ad xiub boud boud nad jib mengx，

病重伤在我心里。

Bingb zhongb shangb zaib wod xinb lis.

苟冬你出内内炯，

Goud dongt nit chub neid neid jiongb，

各项工作无心理。

Ged xiangb gongb zuob wux xinb lid.

排天想常龙蒙炯，

Paib tianb xiangb changd longd mengx jiongb，

尼江会牙喂没干。

Nid jiangb huib yad wed meix gans.

学习把歌唱一轮，都要学习唱几嘴。
没有似妹熟溜唱好听，同样口琴吹一吹。
相交爱你嘴俐伶，谈唱小姐为师矣。
今天会合得相迎，又要大家把家归。
好你转去婆家门，举步动脚篓又背。
到家丈夫把你迎，喜爱快活心中美。
夜里同床共一枕，一点没想我的意。
害我孤单愁不轻，留恋你这大美女。
一身萎靡一身病，病重伤在我心里。
工夫不搞都不行，各项工作无心理。
排天想和你相迎，一心只想会和你。

27.

搂鸟蒙苟喂照寿，

Loux niaod mengx goud wed zhaob shoub,

吉汝拿先江拿求。

Jid rub nad xianb jiangs nad qiub.

几够苟喂比崩斗，

Jid goub gous wed bis bengd dous,

几奶汝拿崩窝周。

Jid lieb rub nad bengd aod zhoub.

用到龙蒙阿比抱，

Yongb daob longd mengx ad bib baod,

吉干牙林背油头。

Jid ganb yad liongx beid youd toud.

扛蒙没单窝斗就松缪，

Gangx mengx meix danb aod dous jiud songb mioud,

能列窝起拢几溜。

Nongx lieb aod qit longd jib lius.

兄吾皮茶皮吉漂，

Xiongd wut pid chab pid jid piaos,

弄几吉漂腊几偷。

Nongb jid jib piaod nad jib tous.

单干朋梅窝同扣，

Danb gans pengd meix aod tongb kous,

苟追干崩蒙你头。

Goud zhuib ganb bengd mengx nit toud.

嘴甜你把我称赞，相好似油甜如糖。

歌唱比我像花开，哪个好似花美鲜。

飞得和你共枕眠，钻进你的衣裙间。

让你闻到鼻孔臭屎汗，吃饭呕吐大心烦。

赶快热水洗起来，怎么洗也脱不开。

发气要拿刀来砍，以后见花不敢爱。

二、高腔歌

1.

阿告斗你阿告苟，
Ad gaox dous nit ad gaox gous，
隔夯隔共难几汉。
Ged hangb ged gongb nanb jid haib.
斗你阿告同绒休，
Dous nit ad gaox tongb rongx xiud，
绒休几到拿满善。
Rongx xiut jid daob nad manx shait.

一边各在一边山，隔冲隔川难分明。
你在那边如龙站，龙站还没你站清。

2.

出计拢片拔浪欧，
Chub jib longd pianb pad nang ous，
吉克蒙朗崩爬先。
Jid kes mengx nangb bengd pad xianb.
苟动出汝几良走，
Goud dongt chub rub jid nangb zous，
照最爬汝嘎养单。
Zhaob zuib pad rub gas yangb dans.

做风来吹妹的衣，看见你的新花裙。
手脚做得真的美，花朵绣得样样新。

3.

尼内会挂列吉豆，
Nib neix huib guab lieb jib dous，
咱牙几空会几偏。
Zad yab jib kongb huib jid pians.

爬汉打绒高狮子，

Pab haid dad rongx gaod shid zis,

尼牙爬汝嘎养见。

Nid yab pad rub gad yangb jianx.

是人走过都回头，见妹他不走偏远。

绣那麒麟和狮子，妹妹绣得好又乖。

4.

亚楼豆浪亚楼斗，

Yab loud dous nangb yad lous dous,

爬汝好比拔兄仙。

Pad rub haod bib pad xiongb xians.

几空蒙见喂浪欧，

Jid kongb mengx jianb wed nangb ous,

到他宽松阿伞伞。

Daob tab kuanb songb ad shait shait.

心灵又巧一双手，绣花好比女神仙。

不肯你成我妻子，满意宽心到永远。

第二章　女人情歌篇

1.

几走吉咱尼内话，

Jid zoub jid zas nid neix huas，

走汝打奶麻汝最。

Zoud rub dad lieb max rub zuis.

龙剖列萨窝起洽，

Longd bious lieb sead aod qit qiab，

龙剖列度拢楚逼。

Longd bious lieb dub longd chub bis.

假同打油白同爬，

Jiad tongb dad yous baid tongb pab，

强强儿没到拢起。

Qiangb qiangb jid meix daob longd qis.

强强儿没够萨挂，

Qiangb qiangb jid meix goud sead guab，

列萨列度喂儿水。

Lieb sead lieb dub wed jis shuit.

两边相逢在当下，碰见几个好帅哥。

和我要歌心里怕，和我要话莫奈何。

我们如牛似猪傻，经常没得来唱歌。

总总没有把歌耍，要唱歌言我不妥。

2.

长强吉走内苟炯，

Changb qiangb jid zoub neix goud jiongb,

吉板拢牙忍背然。

Jid biab longd yab renx beix rax.

岁剖出萨扛埋洞，

Suib bious chub seab gangb manx dongb,

人众出萨打奶下。

Renx zhongb chub sead dad lieb xiab.

出萨窝起炯几总，

Chub sead aob qit jiongb jid congb,

把葡龙喂久阿瓦。

Bab pub longd wed jius ad was.

常猛吉标照内痛，

Changb mengx jib boud zhaob neix tongb,

耳朵扯破莎久茶。

Erb duob cheb pob sead jius chab.

招豆窝声几敢朋，

Zhaob dous aob shongt jid ganb pengb,

阿瓦叉呢害久那。

Ad wab chab nib haid jius nat.

赶集相逢路中人，哥要和我讨梨子。

要我唱歌送你听，人众唱歌没有词。

唱歌造乱我的心，名誉和我你不值。

回到家中老婆恨，耳朵扯破不放手。

被打不敢来出声，害你挨打为这次。

3.

打奶实在尼打奶，

Dad lieb shib zaib nib dad lieb,

实在打奶亚打偶。

Shib zaib dad lieb yab dad ous.

九十九浪则十则，

Jiud shib jiud nangd zed shid zed，

服到猫儿浪穷纽。

Hub daob maod jib nangd qiongb niud.

一人实在是一人，实在一人一个独。

九十九来绝十层，吃得猫儿的血赌。

4.

克最松佩亚松让，

Ked zuib songb peib yad songb rangb，

毕求崩先浪窝苟。

Bib qiub bengd xianb nangd aos goud.

尼内克咱秋内娘，

Nib neix ked zab qiut neix niangx，

朋冲几单剖浪斗。

Pengd chongb jid danb boud nangd dous.

告起排最浪航上，

Gaox qit paid zuib nangd hangx shangb，

秀达阿图汝排子。

Xiub dad ad tub rub paix zis.

排单起写楼堂当，

Paib danb qit xied lous tangb dangs，

拢几到娘见阿标。

Longd jid daob niangx jianb ad bious.

看哥帅气好青年，好似鲜花才初开。

是人见了是人爱，想拿难得到手边。

想你在我心里面，留恋你的好人才。

想在心里都操烂，怎么才能成家眷。

5.

擂锐抓梅扛达爬，

Lieb ruit zhab meix gangb dad pab，

达爬几列锐抓梅。

Dad pab jid lieb ruit zhab meix.

走照内苟难阿牙，

Zoud zhaob neix goud nanb ad yab，

几奶尼蒙浪苟梅。

Jid lieb nib mengx nangd gous meix.

打菜喂猪多打些，猪儿不要我来喂。

相逢路中喊姐姐，哪个是你的姐妹。

6.

龙剖忍锐剖腊扛，

Longd boud rongb ruit boud lab gangx，

列扛阿高麻林林。

Lieb gangb ad gaod max liongx liongx.

常猛扛埋欧奶，

Changb mengx gangb manx oud lieb，

崩欧几抱阿浪忙，

Bengb oud jib baod ad nangb mangb，

埋骂难休几开蒙。

Manx mab nanb xiud jis kaid mengx.

和我讨菜我也怕，要送就送一棵来。

回去让你们两个夫妻半夜来打架，你爸懒得起来劝。

7.

读光嘎读剖浪路，

Dub guangb gad dub biod nangb lub，

读剖浪路几没光。

Dub boud nangb lub jib meix guangs.

读到埋列，

Dub daob manx lieb,

几白阿斗出嘎虐，

Jid bait ad dous chub ad niub,

几没嘎虐剖梅常。

Jid meix gad niub boud meix changb.

挑葱莫挑我家土，我家土地葱没有。
挑得你们要分我一把情留住，要把情义心中留。

8.

豆崩香主你干腊，

Dous bengd xiangb zhub nit ganb lab,

干腊豆崩香主岭。

Ganb lab dous bengd xiangb zhub lingb.

几奶久拢几奶达，

Jid lieb jiud longd jid lieb dab,

向埋阿告麻久拢。

Xiangx manx ad gaox max jiud longs.

兰花开在田坎头，田坎开花兰草香。
哪个不来哪个死，若是不来他就伤。

9.

得得内苟花锐让，

Dex dex neix goud huab ruit rangb,

干排干腊花录打。

Ganb paib ganb lab huab lub dad.

秋最弄几猛到娘，

Qiub zuib nongb jid mengx daob niangx,

干干吉沙奶格咱。

Ganb ganb jid shab lieb gied zas.

路边花草好美色，田坎地头多新鲜。
爱你怎么才能得，悄悄抬头望一眼。

10.

干强干抢干干秋，

Ganb qiangb ganb qiangd ganb ganb qiud,

干干秋乙喂久捕。

Ganb ganb qiud yib wed jius pub.

少同得录秋背就，

Shaob tongb dex lub qiud beid jius,

同得录滚秋背鲁。

Tongb dex lub ghunx qiud beix lus.

相逢相见爱心头，暗暗恋哥你不知。
好似山鸟爱果实，如同黄雀爱柿子。

11.

片记善善照绒闹，

Pianb jib shait shait zhaob rongx laob,

旦玉几翻窝录走。

Danb yub jid fangs aod lus zoud.

尼剖浪兰嘎吉乔？

Nib boud nangd lans gad jib qiaob?

尼那蒙将假假斗。

Nib nat mengx jiangb jiad jiad dous.

风吹阵阵从山下，微风吹拂山间草。
是我的亲来了吗？是哥你要把手招。

12.

图明见背几水豆，

Tub miongb jianb beix jid shuib dous,

旦玉倒腰吉哈苟。

Danb yub daob yaos jib had gous.

足想蒙见喂浪秋,

Zub xiangb mengx jianb wed nangd qiut,

足秀巴秋蒙浪久。

Zub xiub bab qiub mengd nangd jius.

内几叉单蒙浪豆,

Neix jib chab danb mengx nangd dous,

龙浓够柔吉苟斗。

Longd niongb goud rous jid goud dous.

枫树高高结果出,树枝发丫绕树根。
很想你成我丈夫,很爱老表帅哥人。
几时才来到你处,和你终生才满心。

13.

周见窝兰先岁岁,

Zhoub jianb aod lanb xianb suid suid,

喂当几娘扛咱蒙。

Wed dangb jid niangb gangb zad mengx.

咱乙喂浪棍草寿吉提,

Zad yib wed nangb gunt caod shoub jid tib,

阿休棍麻莎干总。

Ad xiut gunt mab shad ganb congb.

亚解棍草亚干皮,

Yad jies gunt caob yad ganb pib,

十分病重解九分。

Shib fend bingb zhongb jied jius fend.

和你相会把亲成,我等不起得见你。
见你我的忧愁才脱身,一身愁闷才脱去。
又解忧愁又解闷,十分病重九分离。

14.

出见汝兰你内苟，

Chub jianx rub lanb nit neix goud,

周到汝兰你内冬。

Zhoub daob rub lanb nit neix dongt.

昂昂莎共洽兰欧，

Ghax ghax shab gongb qiab lanb oud,

研研莎共欧打虫。

Yanb yanb shab gongb oud dad chongb.

喂号朋变见得录求内包，

Wed haob pengb bianb jianb dex lub qiub neix baod,

用拢纵浓巴格穷。

Yongb longd congb niongb bad gies qiongb.

西大明松亚昂儿吾苟，

Xid dab mingb songb yad ghax jib wud goud,

安蒙最然同几同。

Anb mengx zuib rax tongb jid tongb.

相会相逢在路中，结成好友在凡尘。

泪水流烂衣裙胸，留恋哥哥泪花淋。

我也想变成鸟儿和你拢，飞来停在你家门。

明早天亮鸟啼送你懂，不知情哥认不认。

15.

阿内嘎哈欧大吼，

Ad neix gad had oud dad houb,

阿逃害了尼排蒙。

Ad taob haid led nib paid mengx.

排蒙蒙炯蒙浪标，

Paid mengx mengx jiongb mengx nangd boud,

排最最炯最浪冬。

Paid zuib zuib jiongb zuid nangd dongt.

板到列板龙埋出阿苟，

Biad daob lieb banb longd manx chub ad gous,
就标龙浓吉苟容。
Jiub boud longd niongb jid gous rongb.
汝到窝得架背斗,
Rub daob aod dex jiad beis dous,
嘎从忙叫到咱蒙
Gad congb mangb jiaod daob zad mengx.

整日叹气闷心肠,一句害了是想你。
想你你坐你家堂,恋哥哥在你家里。
搬得要搬来到你寨上,建房和哥在一起。
好讨火种到你旁,早早夜夜得见你。

16.

革浪巴剖标油友,
Ged nangb bad boud boud youd yous,
巴牙窝松内楼楼。
Bab yab aod songb neix loud loud.
阿全几没嘎度秋,
Ad qunb jid meix gad dub qiub,
吉秋嘎度斗猛够。
Jid qiub gad dub dous mengx goud.

太阳光照热乎乎,热妹一身软绵绵。
一点没有见云雾,要想阴凉隔去远。

17.

几够苟剖比崩豆,
Jid goub goud boud bis bengd dous,
几奶汝拿崩窝江。
Jid lieb rub nab bengd aod jiangs.
松巧松加剖浪秋,
Songb qiaot songb jiad boud nangb qiut,

尼内尼纵难克养。

Nib neix nib congb nanx ked yangs.

阿得巴缪欧得走,

Ad ded bas mioud ous dex zous,

阿吼奶格安吉张。

Ad houb lieb gied and jib zhangs.

喂加尼汉喂浪柔,

Wed jiab nib haid wed nangd roux,

几到害乙吉高邦。

Jid daob haid yib jid gaod bengs.

歌唱拿我比花开,哪个好如花鲜艳。

生差生丑无脸面,是人大众都难看。

一个鼻子生歪歪,一双眼睛倒着安。

差我各人把我害,不得害哥受牵连。

18.

到得到欧半冬到,

Daob dex daob ous banb dongb daob,

尼总到欧几同蒙。

Nib congb daob oud jib tongb mengx.

少同得得到背饶,

Shaob tongb dex dex daob beis raob,

毕求抓纠到堂穷。

Bid qiub zhab jiud daob tangb qiongb.

到欧比纵几安闹,

Daob oud bib congb jid and laob,

同狗吉留补松容。

Tongb goud jib liub bub songb rongb.

得妻得儿个个得,是人得妻不同你。

好似小儿得板栗,好似瞎子得琴吹。

得了婆娘心安得,如狗守那筒骨腿。

19.

豆崩香主尼干腊，

Dous bengb xiangb zhub nib ganb lab,

干腊豆崩香主岭。

Ganb lab dous bengb xiangb zhub lingb.

尼锐尼光叉拢莎，

Nib ruit nib guangb chab longd shad,

尼列几没拢埋忍。

Nib lieb jib meix longd manx rend.

兰草开花田坎了，田坎开花兰草油。

是菜是葱才来讨，是饭不来讨一口。

20.

擂锐嘎朋高，

Lib ruit gad pengb gaod,

单乙苟斗那窝便。

Danb yib goud dous nab aod biat.

几尼达蒙喂尼包，

Jib nib dad mengx wed nib baod,

苟追久斗窝求花。

Goud zhuib jiud dous aod qiub huab.

打菜莫拔根，只能用手掐菜丫。

不是骂你我提醒，以后没有什么发。

21.

内猛见草周柳叫，

Neix mengd jianb caob zhoub liud jiaob,

内忙见草周柳晚。

Neix mangb jianb caob zhoud liud wans.

苟斗锐内锐几到，

Goud dous ruit neix ruit jid daob,

锐到锐内几常单。

Ruit daob ruit neix jid changs dand.

日头滚去过西坳，日落西落滚锅圈。

用手拖它拖不到，拖得要拖它回转。

22.

怕见楼虐几没咱，

Pab jianb loud niub jid meix zas，

阿充楼虐久几走。

Ad chongb loud niub jiud jid zoub.

造烂心中久牙亚，

Zaob lanb xinb zhongb jiud yad yas，

害达害虐阿起怄。

Haid dad haib niub ad qit ous.

见弄玉春王麻龙法儿苟写巴，

Jianb nongb yud chunb wangb max longd fad erd goud xied bab，

排召窝松内搂楼。

Paib zhaob aod songb neix loud loud.

暗地龙蒙吉苟他，

And dib longd mengx jib goud tas，

相交龙浓嘎几吼。

Xiangb jiaod longd niongb gad jib hous.

齐头打逃喂腊假，

Qib toud dad taob wed nad jias，

内穷苟最者钟缪。

Neix qiongb goud zhuib zhed zhongb mioud.

忧愁吉郎打奶加，

Youd choub jid nangb dad lieb jiad，

吉良尼斗眼水流。

Jid nangb nib dous yanb shuid liub.

分开多日不相见，相隔很多不相逢。

造烂心中心肝烂，害死害活灾难中。

好似玉春王留恋花儿才受难，想到骨软心肝痛。

暗地和你把手牵，相交和哥两情浓。

提头知尾听我言，相爱相亲要服从。

忧愁内心的方面，心情激动如山洪。

23.

周见兰先吉研会，

Zhoub jianb lanb xianb jid nianb huib,

喂当几娘常几走。

Wed dangb jib niangx changs jib zoud.

捆草咱最寿吉提，

Gunt caod zas zuib shoud jib tib,

捆麻没蒙候喂吼。

Gunt mab meix mengx houb wed hous.

出得五月二十龙相会，

Chub dex wud yueb erd shib longd xiangb huib,

几柔龙爬达几油。

Jid rous longd pab dad jib youb.

三人桃源结了义，

Sanb renx taob yuanb jied les yib,

仇伴小姐坐花楼。

Choub banb xiaob jied zuob huab loud.

见内西见邦朗几水弟，

Jianb neix xid jianb bengd nangb jid shuib dib,

转做抢松转窝缪。

Zhunb zuob qiangb songb zhuanb aod mious.

出约约齐常苟追，

Chub yox yox qit changs goud zhuib,

扛最汝闹剖浪豆。

Gangb zuib rub laob boud nangb dous.

休闹常猛容容易，

Xiud laob changs mengd rongx rongx yib,

召拔苟照背苟秀。
Zhaob pab goud zhaob beid goud xiut.

结成好友心中喜，我等不起得相见。
忧愁见你都离去，忧闷有你把我担。
要做五月二十龙相会，不要把雨下起来。
三人桃园结了义，陪伴小姐坐花台。
好似织布快要织登齐，一匹布长把心满。
相好相约期相会，让哥来到我身边。
你动回转容容易，不要丢我在荒山。

24.
排蒙出喂阿秀麻，
Paib mengx chub wed ad xiud max,
长唱走蒙列卜保。
Changb changb zoud mengx lieb pub baod
同缪得你窝补昂，
Tongb mioud dex nit aod bub ghax,
几空几同扛喂巧。
Jid kongb jid dongb gangb wed qiaod.
见比汝奶柳几加，
Jianb bid rub lieb liud jib jiad,
眼看书朝花一召。
Yanb kanb shud chaob huad yis zhaos.
相蒙出崩弄几加，
Xiangb mengx chub bengd nongb jid jiad,
难到窝兰配相交。
Nanb daob aod lanb peib xiangb jiaod.

恋你做我大心事，相见会面要讲明。
如同鱼在水中游，不肯出来送我亲。
水果好吃不到手，眼看书朝花一轮。
想你成家是影子，难得和你把家成。

25.

相交龙浓把心愁，

Xiangb jiaod longb niongb bad xinb choub，

容善吉浪同容干。

Rongb shait jib nangb tongb rongb gans.

愁是为你你不必，

Choub shib weib nit nit bub bib，

麻达龙蒙蒙几安。

Max dad longs mengx mengx jid ans.

常猛龙蒙浪欧夫妻成配笑嘻嘻，

Changb mengx longd mengx nangd ous fub qib chengb peib xiaob xid xid，

夜夜同床困一边。

Yued yued tongb chuangb kunb yid bianb.

吉良比萨苟扛乙，

Jid nangb bid shab goud gangb yib，

喂浪柔休剖扛蒙莎哉。

Wed nangb roud xiub boud gangb mengx shab zhaib.

相交和哥把心愁，操烂操溶我心肝。

愁是为你你不忧，恋死为你你不来。

回去和你爱人夫妻成配笑嘻嘻，夜夜同床困一边。

挂念把歌唱一首，我的一生全靠你来担。

26.

出到阿苟兰没从，

Chub daob ad gous lanb meix congb，

当初出到阿干帮。

Dangb chub chub daob ad ganb bangb.

挡花吉帮告先绒，

Dangb huab jid bangb gaob xiand rongx，

夫记半地几都浪。

Fub jid banb dib jid dous nangd.

不止尼洽蒙反松，

Bub zhib nid qiab mengx fans songt,

怕楼久会洽蒙浪。

Pab loub jiud huix qiab mengx nangb.

同图兄充久内朋，

Tongb tub xiongb chongb jiud neix pengs,

流吾斩汝久内两。

Liub wut zhanb rub jiud neix liangb.

结交和你有深情，当初交得好男友。

你我相交情要真，朋友外面多得有。

不止是怕你反心，久别怕你变心事。

大树底下好躲阴，泉水甘甜多人思。

27.

几夫造萨闹埋昂，

Jid fub zaob sead laob manx ghax,

常走列岔苟保蒙。

Changs zoub lieb chab goud baod mengt.

有心插花花不发，

Youd xinb chab huab huab bub fax,

无心插柳柳成荫。

Wud xinb chab liud liud chengd yins.

唐王够斗嘎腊那，

Tangb wangx goud dous gad nad nas,

朝中莎召内几分。

Chaox zhongd shad zhaob neix jid fens.

子马欧奶得龙告几加，

Zid mas oud lieb dex longs gaod jis jiad,

害喂合像梁三麻竹容。

Haib weid hes xiangb liangx sanb mas zhud rongx.

排蒙容喂达然然，

Paid mengx rongx wed dad rax rax,

风流欧告不可能。

Fengb liub oud gaox bub ked nengx.

长猛修松共考苟嘎茶，

Changs mengx xiud songb gongb kaod goud gad chab,

巧善吉郎久中同。

Qiaod shait jid nangb jiud zhongb tongb.

有心造歌到你家，相逢我要吐真言。

有心插花花不发，无心插柳柳成荫。

唐王陷在污泥下，朝中在后把兵赶。

子马和那得龙力气大，害我好像山伯祝英台。

想你和我讲真话，风流两面不分开。

回去修心努力来保家，惩下心肝不闹翻。

28.

到葡龙蒙吉苟术，

Daob pub longb mengx jid gous shub,

扬名龙浓见夫记。

Yangx mingb longd niogb jianb fud jis.

干喂你夯吹内腊洞尼蒙浪录，

Ganb wed nib hangb cuis neix lab dongb nib mengx nangd lus,

同钢龙闹抱几最。

Tongb gangb longd laob baod jid zuit.

见弄阿台欧巧，

Jianb nongb ad tanb oud qiaos,

窝急列蒙从扛汝，

Aod jib lieb mengx congb gangb rub,

报流窝昂从几齐。

Baod liub aod ghax congb jid qit.

得情在眼值不住，

Dex qingx zaib yanb zhid bub zhub,

够扛蒙想照窝起。

Goud gangb mengx xiangb zhaob aod qit.

蒙儿水想浪无过处，

Mengx jid shuit xiangb nangd wud guos chub,

水想常求背苟会。

Shuid xiangb changs qiub beid goud huib.

扬名和你手牵情，扬名和哥成好友。

见我在村上人讲我是你的人，同钢和铁煮火子。

好似一件旧衣脏了要你洗干净，用水洗净感情有。

得情在眼把泪浸，唱送你想在心头。

你不会想来无过分，会想就要把我走。

29.

当初相好浪情下，

Dangb chub xiangb haod nangb qingb xiab,

吉汝拿求浓拿先。

Jid rub nab qiub niongb nad xianb.

少同得十五团圆窝照那，

Shaod tongb dex shib wud tuanx yuanb aod zhaob nas,

同那十五月团圆。

Tongb nad shib wud yued tuanx yuanx.

几苦列扛求单窝纵达，

Jid kus lieb gangb qiub danb aod congb dad,

窝斗冲头从腊然。

Aod dous chongb toud congb nad rax.

当初相好的情下，浓念好比油和盐。

好似那十五团圆月亮大，光亮十五月团圆。

相好要送困到柳床话，手拿纸钱才到边。

30.

会乙埋追到咱沙，

Huib yid manx zuib daob zas shad,

到葡蒙见喂浪帮。

Daob pub mengx jianb wed nangb bangt.

背苟埋慢单冬洽，

Beid goud manx manb dans dongb qiab,

秋炯会乙单冬忙。

Qiud jiongb huib yid dans dongb mangb.

喂江常袍蒙常沙，

Wed jiangs changb paob mengd changs shad,

几见几到窝昂常。

Jid jianx jid daob aod ghax changs.

阿内阿克浓邦邦闹强沙，

Ad neix ad ked niongb bangb bangb laod qiangb shad,

喂炯头门研几钢。

Wed jiongb toud menx nianb jid gangb.

必求猴子长猴牙，

Bib qiub houd zid changs houd yas,

武王弟闹西齐夯。

Wud wangb dis laod xid qit hangd.

蒙细列出得曹操打马长拢救阿瓦，

Mengx xid lieb chub dex caod caos dad mas changs longd jius ad wab,

从汝立你弄头忙。

Congb rub lid nib nongb toud mangb.

相会我们见得少，得名你成我的帮。
山坡荒野长刺了，荒废相会的地方。
我爱多走你爱少，时间不记有多长。
那一天见你来把市场到，我在头门哭悲伤。
好似猴子长猴脑，武王跑去西岐夯。
你也要做那曹操打马回转走一遭，好情记住我心肠。

31.

到葡空空到葡卡，

Daob pub kongb kongb daob pub kas,

白白到葡龙久蒙。

Baid baid daob pub longd jiud mengx.

见弄薛丁山麻龙范梨花，

Jiad nongb xueb dingb shanb mad longb fanb lid huas，

必求梁山麻祝容。

Bib qiub liangb shanb mad zhub rongb.

尼到蒙炯阿瓦差，

Nib daob mengx jiongb ad was chat，

度苦卜单拔满松。

Dub kus pub danb pad manx songt.

得个空名和你耍，白白得名和你亲。

好似薛丁山留恋樊梨花，好似梁山伯恋祝英台。

如得你来坐一下，苦情讲出才满心。

32.

吉汝善楼久阿充，

Jid rub shait loud jius ad chongb，

空卜虐虐纵相会。

Kongd pub niub niub congb xiangs huib.

阿内腊挂阿内猛，

Ad neix nad guab ad neix mengd，

会单得你秋炯单久锐。

Huib danb dex nit qiud jiongb danb jiud ruit.

同得桥瓜几没内候弓，

Tongd dex qiaob guad jib meix neit houd gongd，

浪样召拔玩玩为。

Nangb yangb zhaob pab wanb wanb weid.

同收然梅几没窝比松，

Tongb shoud rax meix jid meix aod bit songt，

良久几到比松齐。

Liangb jiud jib daob bit songt qit.

夫天几到便内兄，

Fub tiant ji daob biat neix xiongd，

会兰走召最打起。

Huib lanb zoud zhaob zuid dad qit.

相好我们情义重，肯讲日日得相玩。
一天也过一日送，走到相会地方荒了山。
好似桥垮没有人来修，这样丢妹在一边。
好似乱麻无头丝一笼，纺了没有线头牵。
忧天没得日头红，相交碰到没心肝。

第三章　男女综合共用情歌篇

一、讨菜歌

1.

男唱
Nanb changb

几奶浪欧雷锐爬，
Jid lieb nangd ous lieb ruit pab,
几锐吉柔打虫夯。
Jid ruit jid roub dad chongb hangd.
雷锐嘎雷剖浪腊，
Liex ruit gad liex boud nangd lab,
雷到几白剖阿仰。
Lieb daob jid baid boud ad yangd.

哪个婆娘打猪菜，摇摇摆摆在田边。
打菜莫打我家田，打得分我们一点。

2.

女唱
Nid changb

汝锐单你埋浪路，

Rub ruit danb nid manx nangd lub,

埋浪汝路单锐捕。

Manx nangd rub lud danb ruit put.

蒙列忍常退达务，

Mengx lieb renx changb tuib dad wud,

洽蒙几到窝求补。

Qiab mengx jid daob aod qiub bub.

好菜长在你田地，你们田地好菜长。

你要讨回马上退，怕你没得什么讲。

3.

男唱

Nanx changb

扛锐列扛窝几龙，

Gangb ruit lieb gangb aod jis longd,

尼求迟照报常兰。

Nid qiub chid zhaob baod changs lans.

退几浪昂列卜虫，

Tuib jid nangd ghax lieb pub chongb,

蒙克西内被吾板。

Mengx ked xid neix peid wud bianb.

送菜要送背篓来，莫讲收在我胸间。

退篓日期要讲全，你看明天或后天。

4.

女唱

Nid changb

吾板退几足汝虐，

Wud bianb tuid jis zud rub niub,

内最退照阿交儿。

Neix zuib tuib zhaob ad jiaod jis.

退召吉标被包处，

Tuib zhaob jid bious beid baod chud,

退照几让比加锐。

Tuib zhaob jid rangb bid jiad ruis.

后天退篓日子吉，问哥你退在哪方。
退在家里或野地，退在村里或草堂。

5.

男唱

Nanx changb

吾板退几嘎埋昂，

Wud bian tuid jis gad manx ghax,

退闹埋冬傍苟拢。

Tuib laob manx dongs pangd goud longs.

几奶久拢几奶达，

Jid lieb jiud longs jid lieb dad,

达牙早业蒙浪崩。

Dad yab zaob yued mengx nangd bengs.

后天来退你背笼，退到你们山坡上。
若是哪个不来拢，死妹可怜妹的郎。

二、失约重逢歌

1.

男唱

Nanx changb

卜见窝昂久咱要，

Pub jianb aod ghax jiud zas yaob，

安蒙会浓儿奶猛。

And mengx huib niongb jid lieb mengx.

当内秋苟苟哭报，

Dangd neix qiud goud goud kus baod，

久干牙林蒙单弄。

jiud ganb yad liongx mengx danb nongs.

扛喂松方炯几到，

Gangx wed songb fangb jiongb jid daos，

将汉窝声昂风风。

Jiangs haib aod shongt ghax fengd fengd.

久忙他拢常走召，

Jiud mangb tad longs changs zoud zhaob，

苦从列寿扛蒙懂。

Kud congb lieb shoub gangb mengx dongb.

喂昂你蒙弄背叫，

Wed ghax nid mengx nongb beid jiaob，

到牙儿瓜喂叉空。

Daob yab jid guab wed chab kongb.

讲成日期没会面，晓得你去哪里走。
等了日头落西山，不见妹妹的影子。
让我心慌在心间，哭声悲叹泪水流。
不料今日才得见，苦情要讲送你知。
我哭在你的膝盖，得妹来哄哭才止。

2.

他弄常走炯阿气，

Tad nongb changs zoud jiongb ad qib，

卜板苦从善叉克。

Pub bianb kud congd shait chab ked.

松慌为了某家妹，

Songd huangd weid les moud jiad meib，

内内忙忙纵几烈。

Neix neix mangb mangb congb jid lieb.

一盘二想三抱愧，

Yid panb erd xiangb sanb baod kuib,

四来方面抱几乖。

Sid laid fangb mianb baod jis guab.

五更几立见约皮，

Wud gengx jid lis jianb yox pib,

六更莎皮白吾格。

Liub gengd shad pib baid wud gies.

七更嘎从达为为，

Qid gengs gad congb dad weid weid,

抓到列从几朋客。

Zhab daob lieb congb jid pengd kes.

八面八方几午会，

Bab mianx bab fangd jis wud huib,

干干昂猛窝得国。

Ganb ganb ghax mengx aod dex guos.

九九盘单八十一，

Jiud jiud pans danb bab shid yib,

八十一难尼难喂。

Bab shid yib nanb nid nand wed.

十来十往难到会，

Shid laid shid wangb nanx daod huib,

难到常会内苟梅。

Nanx daob changs huib neix goud meis.

你蒙苟娄卜实际，

Nid mengx goud nes pub shid jib,

当牙卜保喂弄接。

Dangb yab pub baod wed nongb jies.

今日相逢坐一会，讲遍苦情心不慌。

心慌为了某家妹，天天夜夜总在想。

一盘二想三抱愧，四来方面不能讲。
五更想着在梦里，六更得梦泪汪汪。
七更早晨新空气，装得早饭吃不香。
八面八方走出去，悄悄哭泣不宣扬。
九九盘到八十一，八十一难要我挡。
十来十往难得会，难得相会我心伤。
在你面前讲实际，等妹报我话心肠。

3.

女唱
Nid changb

得那蒙勾喂排召，
Dex nat megx goud wed paid zhaob,
害牙排蒙嘎养苦。
Haib yab paid mengx gad yangs kud.
排喂洽蒙排嘎要，
Paid wed qiab mengx paid gad yaob,
排蒙尼牙排嘎久。
Paid mengx nid yab paid gad jius.
嘎从排蒙单忙叫，
Gad congb paid mengx danb mangb jiaod,
半夜排最单内图。
Banb yued paid zuib danb neix tub.
排蒙出特弄照潮，
Paid mengx chub ted nongb zhaob chaob,
嘎锐弄照求吉夫。
Gad ruit nongb zhaob qiud jis fud.
比总喂苟出夯告，
Bid congb wed goud chub hangs gaob,
夯补喂会出绒补。
Hangb bub wed huib chub rongx bud.
播锐昂你背苟召，

Lieb ruit ghax nid beid gous zhaob,

从欧昂召豆格吾。

Congb oud ghax zhaob dous gied wud.

他弄到常儿走照，

Tad nongb daob changb jid zoud zhaob,

苦从我对你来数。

Kud congb wod duib nit laid shud.

怕起怕写苟蒙报，

Pab qit pab xied goud mengx baod,

克最对牙弄几捕。

Ked zuib duis yab nongb jid pus.

哥哥你把我想起，害妹想你苦得很。

想我不及我想你，想你小妹我揪心。

早晨直想到夜里，半夜想哥到天明。

想你煮饭忘下米，炒菜油盐忘了放。

前边我做后边理，上头我做下头认。

打菜我哭在山里，洗衣哭在边水井。

今日才得把你会，苦情我对你来倾。

破开肚肠表真意，望靠哥哥你讲清。

4.

男唱

Nanx changb

秀牙排子楼腊楼，

Xiub yab paid zid loud nad loud,

得牙得样溜溜配。

Dex yab dex yangb loud loud peib.

乙排乙想腊乙秀，

Yid paid yid xiangb nad yis xiub,

纵想纵秀纵几力。

Congb xiangb congb xiub congb jid lis.

秀猛秀常儿水够，

Xiud mengx xiud changs jid shuit goud,

排兵排报几水齐。

Paid bingb paid baod jis shuid qit.

同缪秀格麻冬油，

Tongb mioud xiud gies max dongb yous,

同油纵秀帮汝锐。

Tongb youd congb xiud bangd rub ruit.

恋妹排子真漂亮，样子身段真的美。

越盘害我就越想，总想总恋在心里。

恋去恋来不能放，恋进恋出无法比。

如鱼恋那深水塘，如牛恋那青草吃。

5.

女唱
Nid changb

秀那汝从汝哈篓，

Xiud nab rub congb rub had lous,

亚汝哈篓亚忠良。

Yad rub had lous yad zhongb nangx.

下鸟下弄方言有，

Xiab niaod xiab nongb fangb yanx yous,

卜度对喂松浪当。

Pub dus duis wed songd nangd dangs.

汝牙汝样汝排子，

Rub yab rub yangd rub paid zis,

周汝笑脸腊强强。

Zhoub rub xiaod lianb nad qiangx qiangx.

排蒙到牙阿休口，

Paid mengx daob yab ad xiud kous,

乙到棍口喂越江。

Yib daob gunt koud wed yued jiangs.

恋哥理解我心事，又好心事又忠良。
轻言细语方言有，讲对对我细商量。
又好模样好排子，和谐笑脸喜飞扬。
想你我心遭难受，越得难受我越想。

三、讨情物歌

1.

男唱
Nanx changb

几怕蒙苟窝求扛，
Jid pab mengx goud aod qiub gangx,
江扛少报没达千。
Jiangs gangb shaod baod meix dad qiand.
常猛见斗得大趟，
Changs mengx jiand dous dex dad tangs,
干拔甲梅加干兰。
Ganb pab jiad meix jiad gans land.

分别你拿什么送，愿送马上取出来。
回去收在金箱中，见你情物如见面。

2.

女唱
Nid changb

得那龙喂忍甲梅，
Dex nat longd wed renx jiad meix,
出牙龙蒙拢忍彩。
Chub yab longd mengx longd rens caid.

扛蒙围裙列几列，
Gangx mengx weid quns lieb jid lieb,
笑梅扛蒙管几管。
Xiaob meix gangd mengx guand jis guand.

小哥和我把物讨，姐姐和你讨彩来。
送你围裙要不要，帕子送你管不管。

3.

男女皆可唱
Nanx nid jies ked changb

笑梅扛拔没达强，
Xiaob meix gangb pad meix dad qiangb,
围裙扛浓打强没。
Weid qunx gangb niongd dad qiangx meid.
几奶共闹几奶让，
Jid lieb gongb laod jib lieb rangd,
干干见猛窝得乖。
Ganb ganb jiand mengx aod dex guat.
阿虐苟蒙苟喂想，
Ad niub goud mengx goud wed xiangs,
咱否必求加咱内。
Zas woud bib qiub jiad zas neit.

帕子送妹在手上，围裙送哥取出来。
各人拿去放心上，悄悄收藏在心间。
有日愿你把我想，见物如见人的面。

四、讨糖歌

1.

阿腊得葵埋常抢，

Ad lab dex kuid manx changs qiangs，

比奶便图会几借。

Bit liet biat tub huib jid jies.

常强埋到阿求常，

Changs qiangb manx daob ad qiub changs，

到背到够苟几白。

Daob beid daob goud gous jid bais.

白浓阿够拿背光，

Baid niongb ad gous nad beis guangs，

出到龙拢汝从没。

Chub daob longd longb rub congb meix.

一帮姐妹从场转，四个五位走一排。

买得什么带回来，得那水果分我点。

分我一点愿不愿，和你讨个放心间。

2.

得葵长抢会上上，

Dex kuib changs qiangb huib shangd shangd，

几锐吉柔拉排子。

Jid ruit jid roub nad paid zis.

追主亚苟得几棒，

Zhuib zhud yad gous dex jib bangd，

到糖麻汝白阿吼。

Daob tangx max rub baid ad hous.

浓宗见猛善吉郎，

Niongb zongx jianb mengx shait jid nangs，

几见扛够窝柔头。

Jid jianb gangb goud aod rous toud.

姑娘从场上回转，摇摇摆摆好排子。
背篓背在腰后面，有糖和你讨一口。
好情我记在心间，记在心中一辈久。

五、讨年粑歌

1.

几奶浪牙不几先，
Jid lieb nangd yab bub jid xians,
吉朗照昂亚照白。
Jid nangb zhaob ghax yad zhaob baid.
会苟吉柔斗几玩，
Huib goud jid roub dous jib wans,
写到梅白几拢喂。
Xie daob meix baid jib longd wed.

哪个姐妹背新篓，有肉有粑装里面。
走路摇头又摆手，分得分我一点点。

2.

巴秋扛白扛阿柔，
Bad qiut gangb baid gangb ad roub,
扛剖阿柔白楼忙。
Gangb boud ad rous baid loud mangs.
常猛皮窝皮吉漂，
Changd mengx pib aod pib jid piaod,
纵秀巴秋汝思想。
Congb xiud bad qius rub sid xiangd.

表妹送粑送一筒，送我一筒粑糯米。
回去烧在火炉中，热乎乎在我心里。

六、探情歌

1.

男唱
Nanx changb

嘎风借你告补路，
Gad fengs jieb nit gaox bub lud,
借你补路告补干。
Jied nib bub lud gaox bub gans.
尼咱风修几咱录，
Nid zas fengd xius jid zas lud,
尼咱风借久咱埋。
Nid zas fengd jied jiud zas manx.

霭雾飘在山谷里，飘在山谷半山间。
只见云雾不见你，见你飘雾如神仙。

2.

阿录内苟久内会，
Ad lub neix goud jius neix huib,
奶奶腊会阿录苟。
Lieb lieb nad huib ad lus goud.
几安尼乙被几尼，
Jid ans nid yib beis jid nib,
尼乙吉求加加斗。
Nid yib jid qiub jiad jiad dous.

一条大路多人走，个个也走路当头。
不知是妹或不是，若是请你招小手。

3.

得牙会苟儿夏闹，

Dex yab huib goud jid xiad laos，

代意郎当修儿当。

Daib yib nangb dangb xiud jis dangs.

常猛儿列拿阿标，

Changs mengx jid lieb nad ad bious，

莎炯儿够萨阿抢。

Sead jiongb jid gous sead ad qiangd.

妹妹走路脚步轻，脚步轻轻走不急。

问你回去哪个村，先坐唱歌玩一回。

4.

打绒瓦内吉想将，

Dad rongx wad neix jid xiangd jiangs，

列将达起没内图。

Lieb jiangs dad qis meix neix tub.

常猛嘎儿腊单娘，

Changs mengx gad jib nad dans niangx，

扣搂炯到阿柔初。

Koud lous jiongb daob ad rous chud.

天上彩虹放光照，这时才到小半天。

要走哪里也走到，也还可坐一会添。

5.

女唱

Nid changb

巴秋难喂休当录，

Bab qiut nanb wed xiud dangb lus，

得牙当蒙儿得修。

Dex yab dangb mengx jid des xiud.

计片几岳窝录图，

Jid pianb jid yind aod lud tub,

同边吾腊理吾篓。

Tongb bianb wud lab lid wud loud.

老表喊我站等人，小妹我也听你讲。

风吹树叶飘轻轻，蚂蟥田内听水响。

6.

列岔阿奶单同同，

Lieb chab ad lieb danb tongd tongd,

列岔阿久单水水。

Lieb chab ad jius dans shuit shuit.

得矮照潮喂腊猛，

Dex ans zhaob chaob wed nad mengs,

叫巴出列喂猛你。

Jiaod bab chub lieb wed mengd nit.

要找一个直渺渺，要找一位渺渺直。

小罐装米也是好，水罐煮饭我去受。

七、情人相会歌

1.

求单背高兄阿气，

Qiub dans beid gaox xiongd ad qib,

兄照绒善炯当拔。

Xiongd zhaob rongx shait jiongb dangb pab.

背高绒善片抓计，

Beid gaod rongx shait pianb zhab jid,

计片吉柔窝录打。

Jid pianb jid roub aod lub dad.

年洞尼蒙被几尼，

Nianb dongb nid mengx beid jis nib，

尼蒙蒙朋窝声萨。

Nid mengx mengx pengd aod shongx sead.

上到山顶歌一气，歌在山岗等老表。

山高顶上有风吹，风吹摇动青绿草。

不知是你不是你，是你请用歌声报。

2.

几叟召标拢会录，

Jid shoud zhaob boud longd huib lud，

吉浪郎善溜溜兄。

Jid nangb nangs shait liud liud xiongd.

相咱喂没阿充度，

Xiangs zas wed meix ad chongb dub，

咱蒙苟度打为弄。

Zas mengx goud dub dad weid nongs.

几斗得苟卜求汝，

Jid dous dex gous pub qiud rub，

斗卜阿逃洞蒙拢。

Dous pub ad taob dongb mengx longs.

欢喜出门来相会，肚内心肠热乎乎。

未见我想表情意，见面忘了讲不出。

没有什么来讲起，只讲一句你辛苦。

3.

卜见窝昂当几娘，

Pub jianb aod ghax dangb jid niangx，

阿忙拿当欧谷内。

Ad mangb nad dangb oud guox neix.

除乙除矮见达忙，

Chub yib chub ans jianb dad mangb,

忙忙抱猛几没乖。

Mangb mangb baod mengx jid meix guat.

他弄蒙拢单告羊，

Tad nongb mengx longd dans gaox yangs,

养克打梅善叉克。

Yangb ked dad meix shait chab kes.

约成会期等不起，一夜如等二十天。

日日声声叹大气，夜夜也都不能眠。

今日我们得相会，我要多看你几眼。

4.

计片吉柔窝录陇，

Jid pianb jid rous aod lux longd,

吉柔录陇窝录锐。

Jid roub lux longd aod lus ruit.

尼牙巴秋拢单弄，

Nid yab bab qiut longd dans nongd,

扛浓吉年阿奶起。

Gangx niongb jid nianb ad liet qit.

蒙难巴秋被难崩，

Mengx nanb bab qiut beid nand bengs,

安喂难欧被难出夫计。

And wed nanb ud beid nanx chub fud jis.

风吹摇动飘竹叶，飘那竹叶轻飘飘。

是妹老表好美色，我也触动心情了。

你喊老表我心热，我喊夫人或老表。

5.

秀蒙浪久拿几秀，

Xiub mengd nangb jiud nas jid xiub,

越秀越想越儿力。

Yued xiub yued xiangb yued jid lib.

秀猛秀常儿水够，

Xiub mengx xiub changs jid shuit goub，

排兵排报儿水齐。

Paid bingb paid baos jid shuid qit.

排蒙能特弄梅周，

Paid mengx nongx ted nongb meix zhoub，

头斗柔笑久浪计。

Toud dous roux xiaod jiud nangd jis.

爱你我的心中爱，越爱越想越挂心。

爱去爱来不会变，爱进爱出分不清。

想你吃饭忘拿筷，烤火燃鞋不知情。

八、分别歌

1.

男唱
Nand changb

内秋苟图列儿怕，

Neix qiut goud tub lieb jid pat，

尼求剖埋炯弄周。

Nib qiub boud manx jiongb nongd zhoub.

几怕汝牙害喂良，

Jid pat rub yab haid wed nangs，

加剖窝豆儿没欧。

Jiad boud aod dous jid meix ous.

常猛牙要没崩挂，

Changs mengx yab yaob meix bengd guab，

几挂牙要扛蒙周。

Jid guab yad yaob gangb mengx zhoub.

修豆常猛将声昂，

Xiud dous changs mengx jiangd shongt ghax，

几奶拢个喂浪久。

Jid liet longd guob wed nangd jius.

日下西山要分开，两下分别往家走。

分别好妹害我惨，差我方便没妻室。

回家你有丈夫爱，哄你小妹笑悠悠。

动脚回家泪涟涟，哪个能解我心忧。

2.

女唱

Nid changb

几怕尼牙嘎养草，

Jid pab nis yab gad yangb caos，

麻麻溶溶害喂抖。

Max max rongd rongd haid wed dous.

同录召周几拐闹，

Tongb lud zhaob zhoub jid guais laob，

同昂弟那龙吾篓。

Tongb ghax dis nab longd wud nes.

同当挂见浪吾飘，

Tongb dangb guab jiand nangd wud piaod，

见挂几没内候周。

Jianb guab jid meix neix houd zhoub.

苟度卜包最茶高，

Goud dub pub baod zuib chab gaod，

弄几写到几怕修。

Nongb jid xied daob jid pad xius.

分别是妹最心操，忧忧愁愁害我惨。

好似笼内的小鸟，如船断纤流下海。

如坝堤垮任水飘，堤垮没有人来看。
把话讲出把你报，怎么舍得两分开。

3.

男唱
Nanx changb

几怕拿他欧窝教，
Jid pas nad tad ous aod jiaob,
几白拿挂喂浪昂。
Jid baid nad guab wed nangd ghax.
难喂弄几浪写到，
Nanb wed nongb jid nangd xied daob,
弄几写到苟几怕。
Nongb jid xie daob goud jis pad.
喂昂你蒙弄背叫，
Wed ghax nib mengd nongb beid jiaob,
当蒙牙要拢几挂。
Dangb mengx yad yaob longd jis guab.
同绒瓦内几常报，
Tongb rongx was neix jid changs baob,
周剖窝虐常吉咱。
Zhoub boud aod niub changs jid zas.

分别如解身上衣，分开如割身上肉。
叫我如何舍下你，怎么抬起这脚步。
我哭表达我心意，等你妹妹哄才住。
好似彩虹逝光辉，留个日期又来复。

4.

女唱
Nid changb

斗抓冲浓巴格呕，

Dous zhab chongb niongb bad gies ous,

斗尼度浓报常兰。

Dous nib dus niongb baod changs land.

保蒙莎炯嘎保修，

Baod mengx sead jiongb gad baod xius,

达起跳娘喂浪善。

Dad qis tiaod niangx wed nangd shait.

喂昂你蒙浪苟娄，

Wed ghax nib mengd nangd goue loud,

汉见窝虐列长玩。

Haib jianx aod niub lieb changs wanx.

卜见窝虐打戏苟，

Pub jianx aod niub dad xid gous,

几到苟喂苟蒙边。

Jid daob goud wed goud mengx bians.

几奶边牙照棍抱，

Jid liet bianb yab zhaob ghunx baod,

几到汝欧阿三三。

Jid daob rub oud ad sant sant.

左手抓你的衣服，右手抚摸胸口间。

教你莫忙来坐住，这样才能我心安。

我在你的前面哭，约成会期要转来。

会期约成大家做，不能把你把我骗。

哪个骗人走绝路，不得好妻到永远。

5.

明松嘎从见阿气，

Mingx songb gad congb jianx ad qib,

明当嘎从苟内通。

Mingx dangb gad congb goud neix tongt.

各人回转归各位，

Ged renx huib zhuanb guid ged weib,

同相得候列几分。

Tongb xiangb dex hous lieb jid fens.

见弄云长张飞和刘备，

Jianb nongb yunb zhangs zhangs feid hes liux beid,

告怕吉追赵子龙。

Gaox pab jid zhuib zhaob zid longx.

兴元吉他梅良玉，

Xinb yuanx jid tas meix liangd yus,

撤开苟照虫台弄。

Ched kais goud zhaob chongd tans nongb.

当元三姐归天去，

Dangb yuanb sand jies guid tianb qib,

几离麻照几冬拢。

Jid lib max zhaob jid dongt longs.

四姐归屋列扛崔文睡，

Sib jied cuid wub lieb gangx cuid wenx shuib,

长猛大闹你东京。

Changs mengd das laob nid dongs jingd.

桥先弓六十分睡，

Qiaox xians gongb liux shid fend shuib,

阿谷补就弓叉冬。

Ad guox bub jiub gongb chab dongt.

赵京踩桥跳波内，

Zhaob jingd cais qiaox tiaob pod neix,

吉害韩主久钱浓。

Jid haib hand zhub jiud qianx niongb.

喂弄拢怕蒙尼几尼，

Wed nongb longd pad mengx nid jib nid,

喂排吉良蒙排拢。

Wed pais jid nangb mengx paid longs.

东方发白了一会，天亮清早见光明。

各人回转归各位，同箱豆腐要块分。
好似云长张飞和刘备，分别以后子龙跟。
新元分开梅良玉，撒开就在城台村。
当元三姐归天去，留恋思想在凡尘。
四姐归屋要送崔文睡，回去大闹在东京。
九十几弓洛阳记，一十三年弓才成。
赵京踩桥跳波内，陷害韩主了钱银。
我也如此分别心苦虑，我恋你烂我的心。

6.

内猛见草周柳叫，
Neix mengd jianb caos zhoub liud jiaob,
内抓见草周柳晚。
Neix zhab jianx caos zhoub liud wans.
朋锐否长锐几到，
Pengx ruit woud changs ruit jid daob,
锐到列锐几长单。
Ruit daob lie ruit jid changs dans.

日落西山滚得快，日落好似锅圈滚。
想想拖它来回转，拖得要拖转回程。

7.

嘎报长猛嘎报会，
Gad baos changs mengd gad baos huib,
嘎报长嘎阿奶标。
Gad baos changs gad ad lieb boud.
锐蒙几长闹苟追，
Ruit mengx jid changs laod goud zhuib,
炯到再列炯阿柔。
Jiongb daob zaid lieb jiongb ad roub.

莫忙回去莫忙走，莫忙回转家里头。

拖你往前来退后，我们再坐一阵子。

8.

卜召长猛埋休寿，
Pub zhaob changs mengx manx xiud shout,
少标长闹阿奶标。
Shaod boud changs laob ad lieb boud.
长单吉标没棍抽，
Changs danb jid bious meix gunt choub,
嘎处没棍吉研周。
Gad chub meix gunt jid nianb zhoub.

讲到回家你们跑，快跑要回转家里。
回到家中肚子饱，野外有情笑嘻嘻。

9.

萨袍拆台将保召，
Seax paob canb tais jiangb baos zhaos,
苦心阿忙本几通。
Kus xinb as mangb bengb jis tongb.
几够阿忙没窝巧，
Jis gous as mengb meib aos qiaob,
歌唱对我很充容。
Guos changb duis wob henb congb rongb.
觉悟思想提高好，
Jieb wub sib xiangb tis hgaob haos,
几扛书喂照堂根。
Jis gangb shub weib zhaos tangb genb.
情大如山我记倒，
Qingb das rub shanb wob jis daob,
陪剖够明喂领情。
Peib bous goud mingb weib linb qings.
休豆几怕秀萨考，

Xius dout jid pas xious seax kaos，

明当嘎从列拆营。

Mingb dangb gas congb liet cais yind.

桃花吉良唐金宝，

Taos huas jib liangb tangb jingb baos，

留全秀欧内内容。

Lius qianb xious oud niet niet rongb.

歌唱拆台放丢跑，苦心一夜也不通。

歌唱一夜也有巧，歌唱对我很从容。

觉悟思想提高好，不让输我在堂更。

情大如山我记到，陪我唱亮我领情。

分手动脚恋歌好，发白天亮要拆营。

桃花留恋唐金宝，刘全恋妻金瓜同。

10.

难为那要蒙陪喂，

Nans weib nas yaox mengb peib weib，

谈唱到了五更天。

Tais changb daob leb wub genb tians.

明当内通背苟舍，

Mingb dangb niet tongb beis goud sout，

那猛抓闹背苟山。

Nas mengb zhas naos beib gous shanb.

萨袍拆台将几得，

Seax paos caib tais jiangb jis deb，

豆萨将浓列嘎玩。

Dout seax jiangb nongb liet gas wangb.

够汝几没喂浪会，

Gous rub jis meib weib nangx huis，

养到得想内内排。

Yangb daos des xiangb niet niet pais.

常挂尼内浪计内，

Changb guas nib niet nangb jis niet,
同图几把没内转。
Tongb tus jid bas meib niet zhuanb.
四良西虐几怕内,
Sid liangb xib niet jis pas nieb,
堂卡嘎想常陪埋。
Tangb kas gas xiangb changb peib lis.
董永麻龙七仙姐
Dongb yongb mas longd qib xianb jiet,
排牙苟出公能善。
Pais yab gous chus gongb nengb shanb.
修豆怕埋浪萨也,
Xious dout pas manb nangb seax yed,
几怕难到常咱埋。
Jis pas nans daob changb zhas manb.

难为兄弟你陪我,谈唱到了五更天。
光线照通亮许多,月亮走下背后山。
歌唱拆台在此阁,有歌不要再唱谈。
唱好唱丑又如何,多得想处在心间。
分开是人的哥哥,好似草标有人占。
四郎古时他分过,歌堂莫想你陪来。
董永留恋七仙娥,留恋空想割心肝。
两下分别如刀割,今后难得两相见。

11.
龙浓几够吉相先,
Longb nongb jis goud jib xiangb xianb,
明当嘎从内通绒。
Mingb dangb gas congb niet tongb rongb.
排蒙排喂为了难,
Pais mengb pais weib weib led nans,
周斗萨袍列几分。

Zhous doub seax paos liet jis fenb.

召君西虐猛和反，

Zhaos jinb xis niue mengb heb fans,

反王秀牙保斗容。

Fans wangb xious yas baos doub rongd.

纪念心中埋几安，

Jis nianb xins zhongb manb jis ant,

抓胡传书无师兄。

Zhas hub chuanb shud wub shid xiongb.

一去河北不回转，

Yis qib houb bais bus huid zhuanb,

难到常出萨堂中。

Nanb daos changb chus seax tangb zhongb.

白害几剖心不满，

Bais hais jid boub xinb bus manb,

召斗萨袍出几通。

Zhaos doub seax paos chub jis tongb.

见弄英台麻龙最梁山，

Jians nongb yins tuanb mas longx zuis liangb shanb,

麻龙小姐拔祝云。

Mas longd xiaos jied pas zhus yunb.

同学分散那一天，

Tongb xieb fenb sanb nas yib tianb,

好比代戏放丁风。

Haos bib daix xib fangb dinb fongx.

吉除分别同吾派，

Jis chub fenb bieb tongb wut paix,

你走南去我转东。

Nis zous nanb qib wod zhuanb dongb.

和哥谈唱心未满，天亮清早见光明。

盘你盘我为了难，放手歌唱两边分。

昭君古代去和番，反王留恋热了心。

纪念心中你不管，抓狐传书误师门。
一去河北不回转，难得歌唱在堂厅。
白害我的心不满，放手歌唱不通行。
好似英台留意哥山伯，得病因为妹祝云。
同学分散那一天，好比代戏放风筝。
歌唱分别割心肝，你走南去我转程。

12.

想文龙兰格心住，

Xiangb wenb longb lans geb xinb zhus,

几怕是足害喂加。

Jis pas shid zhus hais weib jiax.

排蒙思想坐不住，

Pais mengb sid xiangb zuos bub zhus,

造乱心中楼牙牙。

Zhaos lanb xins zhongb lous yas yas.

害喂斗你内浪无，

Hais weib dous nib niet nangb wux,

难到内内扛喂咱。

Nans daob niet niet gangb weib zhas.

你标松慌寿闹处，

Nis boud songb huangb shoub naos chub,

求送绒善猛几瓦。

Qius songb rongb shanb mengb jis wax.

将梅吉斗闹埋无，

Jiangb meib jis doub naos manb wux,

溶白吾梅同达砂。

Rongb baos wub meib tongb dab shax.

苟怂干你弄召度，

Gous chongb gans nib nongb zhaos dub,

计片不闹埋阿嘎。

Jis pianb bub naos manb as gax.

安蒙浪加被浪汝，

Ans mengb nangb jias beib nangb rub,

出牙排蒙蒙久咱。

Chus yab pais mengb mengb jius zas.

想我和你心一处，分开十足害我忧。
恋你思想坐不住，造乱心中恋打抖。
害我坐在他家屋，难得看见你影子。
在家心慌把门出，上坡上岭到山头。
抬眼专门望你处，泪水流下把衣湿。
把信寄在天云雾，风吹递到你的手。
不知你心悟不悟，小妹恋你你不知。

13.

走蒙汝萨几夫红，

Zous mengb rub seax jis fub hongb，

抖苟出扛喂拢松。

Doub gous chus gangb weib longb songb।

话长夜短便内明，

Huas changb yeb duanb bias niet mingb，

考岁达吾单内从。

Kaos suib dab wut danb niet congb।

嘎从明松见苟见，

Gas congb mingb songb jianb gous jianb，

斗萨斗度腊嘎容。

Dous seax doub dub las gas rongb।

见弄得拔七姐几怕浓，

Jianb nongb des pas qib jieb jis pab nongx，

卜半达起两离分。

Pus bans dab qix liangb lis fenb।

剖汉弄见麻雀想拢陪埋凤凰用，

Bous hais nongb jianx mas qieb xiangb longb peib manb fengb huangb yongx，

必求忙得到糖能。

Bis qius mangb des daox tangb nengb।

谈今讲古乐一阵，

Tais jingb jiangb gus lex yis zhenb,

见浓浪从纵几弄。

Jian nongb nangb congb zhongs jis nongb.

见弄西虐刘全秀欧抱留从，

Jians nongb xis niut lius qianb xious ous baob lius congd,

白得吾梅同穷炯。

Bais des wub meib tongb qiongb jiongx.

几夫比萨扛蒙洞，

Jis fub bis seax gangb mengb dongb,

安蒙水想同牙比几同。

Ans mengb shuid xiangb tongb yas bis jid tongx.

碰你好歌我动心，歌言钩住我肝肠。

话长夜短天又明，可惜一下天就亮。

清早时节我生恨，心中有话不能讲。

好似仙女七姐的情分，讲话两边不分张。

我也好似麻雀想来陪你凤凰云，好似蜜蜂得红糖。

谈今讲古乐一阵，记你情义烂心肠。

好似从前刘全恋妻困守坟，眼泪滚滚如水涨。

留恋此歌送你听，不知你的心内如何想。

14.

几够挂约阿郎忙，

Jis goud guab yos as liangb mangx,

列明几斗拿几楼。

Liet mingb jis doub nas jis loux.

几兵哭标苟内当，

Jis bingb kux bous goud niet dangx,

明当单内通哭标。

Mingb dangb danx niet tongb kus boux.

早见白当列将抗，

Zhaos jianb baos dangb liet jiangb kangb,

求图冬便列闹苟。

Qius tub dongb bias liet naos goub.

同缪列抢出阿王，

Tongb mious liet qiangx chus as wangx,

齐到列齐常嘎标。

Qis daob liet qib changb gas boub.

岁喂将蒙喂久将，

Suid weib jiangb mengb weib jius jiangx,

同闹列抱出阿苟。

Tongb naos liet baos chus as goub.

口里不讲心中妨，

Kous lib bub jiangx xingb zhongb fangbs,

蛇怕雄黄人怕死。

Sheb pas xiongb huangb renb pas sid.

歌唱过了半夜上，天亮没有隔好久。
打开窗户见阳光，光线照通在窗口。
打成粑粑封要放，上树已经登了头。
如鱼要穿做一档，这样才好提在手。
喊我放你我不放，似铁同钢合永久。
口里不讲心中妨，蛇怕雄黄人怕死。

15.

几白萨忙腊纵秀，

Jis baib seax mangb las congb xioub,

秀浓那林汝萨班。

Xious nongb nas liongb rub seax bans.

秀蒙够萨楼腊楼，

Xious mengb gous seax lous lab loub,

必求录滚秀背免。

Bis qius lub guenb xious beib mianx.

同声秀干麻冬油，

Tongb shongb xious ganb mas dongb yout,

同繆秀汝腊吾斩。

Tongb mious xious rub las wut zhais.

同棍秀白炯吉留，

Tongb ghengb xious bais jiongb jib liux,

窝卡昂几片拢单。

Aos kas ghangb jis pianb longb dans.

几怕秀埋浪窝求，

Jis pab xious manb nangb aos qiub,

难到常走内浪兰。

Nab daob changb zous niet nangb lanb.

分开歌台心中恋，留恋哥哥好辞言。
爱你唱歌很厉害，好似黄雀恋柿软。
如虾留恋深水海，似鱼留恋清水潭。
如神想吃糯粑面，气味不吹到身边。
分别把你来留恋，以后难得你回转。

16.
几怕长猛尼蒙汝，

Jis pas changb mengb nib mengb rub,

斗写纵秀阿干兰。

Dous xieb congb xious as ganb lanb.

排蒙思想坐不住，

Pais mengb sid xiangb zuos bub zhub,

造烂心肠蒙几安。

Zhaos lanb xinb changb mengb jis anb.

隔山隔水远隔路，

Ges shuanb ges shuid yuanb geb lus,

弟绒弟便弟冬干。

Dis rongb dis bias dib dongb gansb.

朋出得录用猛弄召度，

Pengb chus des lub yongb mengb nongs zhaos dux,

洞浓够充喂楼善。

Dongb nongb gous congb weib lous shuanb.

排山腰岭远隔路，

Pais shuanb yaos lingx yuanb ges lub，

开条大路好往来。

Kais tiaos dab lub haos wangb laix.

开猛列猛阳州府，

Kais mengb liet mengb yangb zhous fub.

琼花斗汝崩告块。

Qiongb huas doub rub bengb gaos kais.

酷蒙酷喂几个汝，

Kus mengb kus weib jis geb rub，

苟追酷蒙亚酷兰。

Gous zuis kub mengb yas kub lanb.

分别回转你不顾，我心留恋你高才。

想你思想坐不住，造烂心肠你不管。

隔山隔水远隔路，隔坡隔岭隔得远。

我要做那小鸟飞上天云雾，听你歌唱我喜欢。

盘山越岭开条路，开条大路好往来。

好似太白他也去到阳州府，看那琼花开放多新鲜。

你来我往有好处，以后免想烂心肝。

17.

几走吉咱同片记，

Jis zous jib zhas tongb pianb jis，

同得记用窝加舍。

Tongb des jib yongb aos jianb shoux.

尼没他弄走阿气，

Nis meib tas nongb zous as qib，

苟追难走内几内。

Gous zuis nanb zous niet jis niet.

五月二十龙相会，

Wus yueb erb shid longd xiangb huis，

阿就难长走阿内。

As jiub nanb zhangb zous as niet.

秀蒙腊苟同笔睡，

Xious mengb las goub tongb bis shuid,

画浓图形召弄克。

Huas nongb tus xingb zhaos nongb kes.

吉良阿内克阿气，

Jib liangb as niet kes as qib,

反头吉弄走几没。

Fans tous jib nongb zous jid meix.

相逢时间如风吹，好似风吹山头草。

只有今晚见一会，以后难逢难遇了。

好比五月二十龙相会，一年难转逢一道。

留恋用笔写得细，画哥图形我看到。

想了一天看一会，翻书见画形象好。

18.

松方浪昂亚拢岔，

Songb huangb nangd ghax yas longb cas,

几离浪昂亚拢单。

Jis lib nangb ghas yas longb dans.

元兄变出巴谷嘎，

Yuanb xiongb bianb chus bas gub gas,

见公寿岔阿干兰。

Jianb gongb shoud cab as gans lanx.

咱拔元兄列嘎洽，

Zas pas yuanb xiongb liet gas qiab,

咱标嘎共窝柔矮。

Zas bous gas gongb aos roub ans.

靠蒙候叟嘎扛达，

Kaos mengb hous soud gas gangb dab,

几龙锐列扛吾斩。

Jis longd ruib liet gangb wub zhanb.

心慌之时我传话，挂念之时又到边。
原形变成蜘蛛大，变虫来找哥哥来。
见妹原形你莫怕，见了请莫打岩块。
靠你帮养送长大，不吃饭菜送水源。

九、情恋歌

（一）某男挽情妹歌

相交龙牙费心劳，
Xiangd jiaod longs yab feib xinb laox，
没从林拿阿奶苟。
Meix cong lingd nad ad lieb gous。
那阿酷骂到常料，
Lab ad kud mab daob changs liaob，
走牙会你干腊柔。
Zoud yab huib nid ganb nad rous。
召追理牙浪冬闹，
Zhaob zhuib lid yad nangb dongs laob，
会会欧闹剖亚休。
Huib huib oud laob boud yad xius。
求冬补扣欧弯腰，
Qiub dongt bub koud oud wans yaod，
旧梅吉克干夯扣。
Jiub meix jid kes ganb hangs koud。
苟会让烈几没标，
Goud huib rangb lieb jid meix boud，
剖奶蒙会同香柔。
Biud lieb mengx huib tongb xiangb roub。
求单工绒内苟巧，
Qiub danb gongb rongx neix goud qiaod，

报窝昂你剖苟篓。

Baod aod ghax nit boud goud lous.

养兄阿柔洽内标，

Yangb xiongd ad roub qias neix boud

棍麻林同阿图斗。

Gunt max liongx tongx ad tub dous.

剖乜内骂抓久鸟，

Boud niax neix mab zhad jiud niaos,

包办婚姻害喂抖。

Baod banb hunb yind haid wed dous.

送牙常单夯岩槽，

Songb yab changb dans hangb yand caos,

同吾闹昂儿白篓。

Tongb wut laod ghax jid baid nes.

修豆常猛嘎剖号，

Xiud dous changs mengd gad boud haob,

腊纵秀蒙克汉欧。

Nad congb xiub mengd kes haid ous.

蒙常单标到棍草，

Mengd changs danb boud daob gunt caot,

到梦水抱儿水修。

Daob mengx shuid baod jid shuid xius.

得病在身本难熬，

Dex bingb zais shengd bend nanx aob,

浑身窝教标友友。

Hunx shengd aod jiaob boud yous yous.

阿内出卡单苟哨，

Ad neit chub kad danb goud saod,

浪牙归天喂想苟。

Nangd yab guid tianb wed xiangs goud.

弟冲他拢苟蒙告，

Dis chongb tad nongb goud mengx gaos,

几兵尼干豆阿叟。

Jid bingb nid ganb dous ad soud.

兵伞背留久咱毛，

Bingb said beid liub jiud zas maox，

兵卡冰糖久咱苟。

Bingb kab bingd tangx jiud zas goud.

头昂头难苟头窝，

Toud ghat toud nanx goud toud aos，

腊朋抱龙几朋修。

Nad pengd baod longs jid pengx xiud.

达尼见欧列少包，

Dad nix jianx oud lieb shaod baos，

见乙腊扛阿图头。

Jid yib nad gangb ad tub tous.

眼泪滚滚同流哨，

Yanb lieb gund gund tongb liux shaod，

昂汉告声吉话苟。

Ghax haid gaox shongt jid huab goud.

修豆常猛几瓦闹，

Xiud dous changs mengd jib was laob，

吾梅白没阿齐苟。

Wud meib baid meix ad qis goud.

几到见欧到棍草，

Jid daob jianb oud daob gunt caot，

尼到同床保苟篓。

Nid daob tongb chuangx baod gous loud.

相交和妹费心劳，有情有义如山高。
正月拜年才碰到，见妹走在路板槽。
在后理妹脚印蹈，走走两步又站了。
上登补扣两弯腰，抬眼一望夯扣到。
走到让烈不忙跑，我们走路如香烧。
上到工绒路不好，乌鸦叫在树上号。
多休一会也怕了，忧愁大大在心扰。

爷娘父母许人早，包办婚姻害我了。
送妹转到夯岩槽，如水流下分开跑。
动脚回转我家到，留恋紧看衣服恼。
你转到家得心操，得病困床不见好。
得病在身本难熬，浑身病痛不得了。
一天做客到苟哨，闻听你亡我癫倒。
不顾一切坟边到，只见土堆我哭号。
吹气柑子不见闹，吹气冰糖不见搞。
边喊边哭把纸烧，心里想死同一道。
若是成妻要烧包，恋妹难舍把纸烧。
眼泪滚滚流如潮，哭号悲声震山高。
动脚回转心酸熬，眼泪流有一桶浇。
没得成配得心操，若得同床免灾消。

（二）某女托梦于某歌手还某男之歌

1.

洞照巴秋够萨研，

Tongb zhaob bab qiud goud sead niand,

阿牙洞萨拿儿苦。

Ad yab dongb sead nab jid kus.

否达见棍常几单，

Woud dad jianb ghunx changs jid dnas,

标归且越用几图。

Boud guis qieb yues yongb jid tub.

照皮扛喂活先先，

Zhaob pib gangx wed huob xianb xianb,

列喂苟度卜包秋。

Lieb wed gous dub pub baod qiut.

你虐吉汝江全全，

Nid niub jid rub jiangs quanx quanx,

汝从见照背苟录。

Rub congb jianx zhaob beid gous lux.

几空阿八久准脸，

Jid kongb ad bab jiud zhuns liand,

苟拔将闹内浪吾。

Goud pab jiangs laob neit nangd wut.

善你吉浪几见块，

Shait nit jid nangd jib jianx kuaid,

造乱思想浪糊涂。

Zhaob luanb sid xiangt nangd hub tus.

卜照阿昂喂酷兰，

Pub zhaob ad ghax wed kus lanx,

越得计照越几夫。

Yued dex jis zhaob yued jis fud.

补扣求冬背苟干，

But koud qiux dongt beid gous gand,

头了头岔度几都。

Toud les toud chab dus jib dous.

辽挂让烈浪阿排，

Liaod guab rangb lieb nangd ad pais,

会会欧冬亚腊母。

Huib huib oud dongt yad las mud.

报窝昂声溜溜灾，

Baod aod ghax shongx liud liud zais,

几照喂浪起写同吾不。

Jid zhaob wed nangd qis xied tongx wud bus.

灾善必求巴同干，

Zaid shait bid qiub bab tongx gans,

汝蒙加牙喂嘎久。

Rub mengx jiad yab wed gad jius.

欧告几白把家转，

Oud gaob jid baid bab jiad zhuans,

会常喂斗内苦苦。

Huib changs wed dous neit kus kus.

喂浪标归干最浪欧年，

Wed nangd boud guis gand zuis nangd ous nianx，
同钢盖闹抱几夫。
Tongx gangb gais laod baod jis hud.
皮会皮辽昂偏偏，
Pib huib pib liaod ghax pianb pianb，
腊朋不便几篓吾。
Nad pengb bub biat jid nes wut.
能糖几没浪江先，
Nongx tangx jid meix nangd jiangs xiand，
爬崩冲攀拢抢久。
Pab bengd chongb pans longd qiangd jius.
锐列久龙吾久才，
Ruit lieb jiud longs wut jiud cais，
服嘎几召梦背骨。
Hub gad jis zhaob mengd beis gud.

闻听老表唱歌挽，大姐听了好可怜。
她死成鬼回不转，三魂七魄飞上天。
托梦送我活显显，托我把话报你来。
生时相好似蜜甜，好情记在那高山。
不依阿爸不准脸，把我许配他村寨。
害我忧愁心肠烂，造乱思想想不开。
讲到那时娘家转，越讲到此越心烦。
补扣上到背苟干，边走边讲话交谈。
走过让烈的边边，走走几步又交言。
乌鸦叫出声悲惨，悲在我的心中如水开。
心冷胜过那冰块，你好我恐受了害。
两下分别把家转，转家我已瘦容颜。
我的魂魄贴在哥身边，如钢黏铁做一块。
边走边谈哭哀哀，心想跳下深水涧。
吃糖没有口味甜，绣花我忘穿针线。
饭菜不吃口不开，吃药不解病体缠。

补扣、苟干：地名。

让烈：地名。

2.

服嘎久召喂浪梦，

Hub gad jius zhaob wed nangd mengx，

吉朗浪梦内几安。

Jid nangd nangs mengx neit jid ans.

容容麻麻味那林，

Rongx rongx mab mab weid nas liongx，

冬腊几没嘎苟解。

Dongt lab jid meix gad gous jied.

排蒙扛牙想几通，

Paid mengx gangb yas xangt jid tongt，

必求录滚秀背免。

Bib qiud lus gunx xiub beid mianx.

秀先嘎哈同修风，

Xiud xians gad has tongx xiud fengs，

秀求周偶烧打旦。

Xiub qiud zhous oud raos dad dans.

当时到浓拢几兵，

Dangs shib daob niongb longd jis biongd，

出牙还阳常秀先。

Chub yab haid yangx changs xiub xiand.

忙拢喂抱背苟同，

Mangd longs wed baod bis goud tongb，

蒙号弟昂够够拢克兰。

Mengx haob dis ghax goud goud longs ked lanx.

克牙尼咱从豆滚，

Ked yab nid zas congb dous gunx，

欧告相隔纸一块。

Out gaox xiangb geb zhid yis kuaid.

背留麻江摆几炯，

Beid liub max jiangs biad jib jiongb，

拼卡冰糖扛喂才。

Piongx kab bingd tangx gangb wed cais.

窝头扛牙出补恩，

Aod tous gangx yad chub but ghongx,

见召报兰报常扳。

Jianx zhaob baod lanb baod changs biab.

蒙昂吉话阿得声，

Mengx ghax jid huab ad dex shongx,

吉油声昂喂炯研。

Jid youb shongx ghax wed jiongb niand.

吉良炯研尼麻孔，

Jid nangb jiongb nianx nib max koongd,

几尼酷内亚常单。

Jib nib kud lanx yad changs dans.

见棍喂炯蒙浪总，

Jianx gunt wed jiongb mengx nangs zongx,

出浓棍向蒙阿排。

Chub niongb ghunx xiangt mengd ad pais.

尼斗阿逃度保蒙，

Nid dous ad taob dub baod mengx,

没从浪浓扛出单。

Meix congb nangd niongb gangb chub dans.

挂见能列难喂能，

Guab jianb nongx lieb nanb wed nongx,

冲这几茶板彩彩。

Chongb zheb jid chab biab cais cais.

吃药不解我的病，心内的病真不浅。

忧悲伤心为你身，凡尘没有药可解。

恋你小妹想在心，好似黄雀恋果丹。

唉声叹气如扎针，气上喉头吸不转。

当时得哥到来临，小妹还阳好起来。

如今我卧在山林，你才闻信来到我坟边。

看妹只见黄土层，两下相隔纸一块。

甜甜柑子摆墓门，吹气冰糖不见来。

烧纸送妹做金银，紧紧收在我身边。
你哭哀号震山林，跟你哭声我哭哀。
想恋哭挽歌一轮，不是走亲我回转。
成鬼我要进你门，和你祖宗坐一边。
只有一句话真情，有情哥哥记心间。
过年吃饭把我请，抬碗悄悄先默念。

十、鼓场情人歌

1.

他陇堂尼走奶拔，
Tas longb tangb nis zous niet pas,
走汝达久拔没才。
Zous rub dab jius pas meib caib.
走牙扛剖吉格咱，
Zous yas gangb bous jib geib zas,
扛浓同写见风片。
Gangb nongb tongb xies jianb fengb pianb.
尼奶格干莎拿偶，
Nis niet geib gans shax nab ous.
同白叉良果完完。
Tongb bais cab liangb guos wanb wanb.
想冬陇埋勾莎叉，
Xiangb dongb longb manb gous shax cab,
安埋告求愿几愿。
Anb manb gaos qiux yuanb jis yuanb.

今夜鼓场得见面，得见几个好姑娘。
遇着妹子让我见，如风爽快热心肠。
是人见了都喜爱，如雪才下白晃晃。
想和你们把歌探，不知你们赏不赏？

2.

走拔列陇够大逃，

Zous pas liet longb gous dab taox，

列够大逃起叉满。

Liet gous dab taob qus cab manb.

咱埋剖江他几到，

Zas manb bous jiangb tas jid daox，

扛浓同写见风片。

Gangb nongb tongb xied jiangb fengb pians.

剖埋几哭卡吉桥，

Bous manb jib kus kas jib qiaos，

卡忙吉桥扛奶安。

Kas mangb jib qiaos gangx liet ans.

没奶喂列当蒙勾标报，

Meis liet weis lieb dangb mengb gous boux baos，

列当蒙出拔秋先。

Liet dangb mengb chus pas qiub xianb.

遇着姑娘唱几句，要唱几句心才安。

见了你们我心醉，我们心内起波澜。

相亲相爱莫生气，不要生气让人烦。

有日我要娶你到家内，要娶你做新人来。

3.

出莎堂尼喂关除，

Chus shax tangb nix weib guanb chus，

安同奶洞比几没。

Ans tongb liet dongb bib jis meix.

得拔相蒙郎松汝，

Des pas xiangb mengb nangb songb rub，

扛剖起汉比奶格。

Gangb bous qis hais bib liet geix.

吉忙几奶纵想录，

Jib mangb jis liet congb xiangb luis,
包猛忙叫莎儿乖。
Baos mengb mangb jiaos shax jis guanb.
他陇龙埋吉扑度，
Tas longb longb manb jib pux dub,
你要送那真话讲真情。
Nis yaos songb nas zhengb huas jiangb zhengb qingb.

鼓场之中我要唱，不知你们听没听。
妹子生得好模样，让我看在眼里爱在心。
日日夜夜把你想，夜里睡觉不安宁。
今日和你谈对象，你要送那真话讲真情。

4.
几够单久阿郎忙，
Jis goub danb jius as nangx mangb,
吉除单哟昂几怕。
Jis chus danb yos ghangx jis pab.
咱蒙奈江奈几娘，
Zas mengb nanb jiangb naix jis jiangb,
纵想纵排纵几查。
Congb xiangb congb pais congb jis cab.
夫埋吉柔埋列扛，
Fub manb jib roub manb liet gangx,
告虐尼扑阿奶阿。
Gaos niet nix pus as niet as.
陇单告图勾舍将，
Longb danb gaos tub gous soub jiangx,
埋浪浓纵不汝几没抓。
Manb nangb nongb congb bus rub jis meib zhas.

歌唱到了半夜上，歌唱到了分别时。
爱你牵挂在心肠，紧想紧念不能丢。

和你相求你要让，相约相会在某日。
到了那里把草放，你的情重记不丢。

5.

巴秋高来麻松汝，
Bas qiub gaos laix mas songb rub,
亚松汝浪亚松配。
Yas songb rub nangb yas songb peib.
元台嘴马水扑度，
Yuanb taib zuis mas shuid pub dux,
扑汝拿求拿塘迷。
Bus rub nas qiux nas tangx mib.
同滚飘摇弄召度，
Tongb gunb piaos yaob nongb zhaos dub,
扛剖格干莎加你。
Gangd boub geb gans shax jias nib.
告起纵想陇蒙汝，
Gaos qib congb xiangb longb mengb rub,
安洞配到比几配。
Ans dongb pix daob bib jis pix.

妹子老表生得美，又生美来又生乖。
言谈嘴巴好情义，话讲如盐如蜜甜。
好像天空彩云丽，让我喜爱在心间。
心想和你配成对，不知配来配不来。

6.

得那松汝单同同，
Des nab songb rub danb tongb tongb,
亚单同同单水水。
Yas danb tongb tongb danb shuid shuib.
几空蒙见喂浪崩，
Jis kongb mengd jianb weib nangb bengb,

几空蒙尼喂浪乙。

Jis kongb mengb nib weis nangb yix.

哥哥生得帅又高，又帅又高生得直。

但愿你成我相好，但愿相好到白头。

十一、情人探病歌

秀茶浪昂喂列担，

Xiud chab nangd ghax wed lieb dans,

嘎处吉标列帮忙。

Gad chub jid bious lieb bangd mangx.

几弄阿气苟强赶，

Jid nongb ad qib goud qiangb gand,

赶强龙浓拢相撞。

Gand qiangb longd niongb longd xiangb zhangb.

单强洞卜蒙召斩，

Danb qingb dongb pub mengx zhaob zhans,

知你住院倒了床。

Zhib nid zhub yuanb daob led changb.

龙羊喂寿闹花垣，

Longd yangb wed shout laob huad yuans,

医院岔单三楼房。

Yid yuanb chab danb sand loud fangx.

岔板几兵几咱兰，

Chab biab jid bings jid zas land,

退脚常嘎喂朗当。

Tuib jiaob changs gad wed nangb dangt.

转到家中心不安，

Zhuanb daob jiad zhongb xinb bud ans,

阿内昂最比便浪。

Ad neix ghax zuib bit biat nangd.

求蒙长求苟绒免，

Qiub mengx changs qiub goud rongx mians,

带信保最阿奶昂。

Daib xinb baod zub ad lieb ghax.

咱蒙达务喂吉年，

Zas mengx dad wus wed jis nianx,

常咱干浓窝起江。

Changs zas gand niongb aod qit jiangs.

走牙达为蒙单干，

Zoud yab dad weib mengx danb gans,

出汉哈篓心毒狼。

Chub haib had lous xinb dus nangd.

扛喂腊，

Gangb wed lab,

想板麻元常几单，

Xiangb biab max yuanb changs jid dans,

走召想单度阿娘。

Zoud zhaob xiangb dans dub ad niangx.

柔让阿娘苟喂管，

Roud rangb ad niangx goud wed guans,

否号保喂洞，漂流没虐水拐场。

Woud haob baod wed dongx, piaod liub meix niub shuid guand changs.

喂浪周偶将穷几羊先，

Wed nangs zhoub oud jiangs qiongb jid yangb xians,

吾梅八八篓见双。

Wed meib bad bad loud jianb shuangd.

当堂昂扛厶厶安，

Dangb tangb ghax gangb sid sid ans,

久崩内岔卜几抢。

jiud bengb neix chab pub jid qiangd.

告够吉汝岔吉年，

Gaod goud jib rub chab jid nians,

忙弄常到棍麻浓江江。

Mangb nongd changs daob ghunx max niongb jiangd jiangd.

蒙卜冬卜板列然腊几关，

Mengx pub dongb pub biab lieb rax lax jid guans,

当面卜保腊打强。

Dangb mianb pub baod nad dad qiangd.

豆崩水味崩告块，

Dous bengd shuid weib bengd gaos kuaid,

自然落地无声响。

Zid rab loub dis wux shengd xiangd.

吉汝浪从吉相满，

Jid rub nangd congb jid xiangb mand,

吉相会抽喂几江。

Jid xiangb huib choub wed jis jiangd.

同葡扬名通四海，

Tongb pub yangb mingx tongd sib haid,

花垣保靖传猛况。

Huad yuans baod jingb chuand mengx kuanb.

吉首阿告内卜单，

Jid shoud ad gaos neix pub dans,

无有一处不宣扬。

Wud youb yid chub bub xuand yangx.

浓浓念念分不开，

Niongb niongb niand niand fend bux kaid,

同头共枕困一床。

Tongx toud gongb zhend kunx yid chuangx.

告教得教得喂乃，

Gaox jiaob dex jiaob dex wed naid,

吾鸟吉图拿江糖。

Wud niaob jid tub nad jiangs tangx.

欧告出从虫旦旦，

Out gaod chub congb chongb dans dans,

吉汝崩欧打同钢。

Jib rub bengd ous dad tongb gangs.

几洽计片达白干，

Jid qiab jid pianb dad baid gans,

久崩照告内拢强。

jiud bengb zhaob gaod neix longd qiangx.

阿娘没蒙候喂旦，

Ad niangd meix mengd houd wed dans,

笑梅候否浓阿胖。

Xiaob meix houd woud niongb ad pangb.

旦虐归天求阴间，

Danb niub guid tianb qiub yind jians,

扛否汝图苟猛咱阎王。

Gangx woud rub tub goud mengx zas yuand wangb.

昂弄蒙扛电热毯，

Ghax nongb mengx gangb diand rex tans,

久扛召灾喂阿娘。

jiud gangb zhaob zhaid wed ad niangs.

否腊苟度扛喂卜保兰，

Woud lab goud dub gangb wed pub baod lans,

单约阿气阿扛蒙孝帕同喂浪。

Danb yox ad qib ad gangb mengx xiaob pad tongb wed nangs.

斗浓浪从毕几单，

Doud niongb nangd congb bid jis dans,

尼苟终身一世配你光。

Nid gous zhongs shengd yis shib peib nid guangs.

秋收时节我要来，家里家外要帮忙。

不比过去把场赶，赶场和你来相撞。

到场闻听你病灾，知你住院倒了床。

我才跑去下花垣，医院找到三楼房。

三楼病房都找遍，不见我才转家乡。

回到家中心不安，一天肉瘦四五两。

求你出院报我先，带信报你记心肠。

一见到你我喜欢，看到你好把心放。

一见我来你冒烟，做那样子心毒狼。

让我也想遍后悔回不转，使我想到话阿娘。

年青阿娘把我管，她把话报我，漂流有时会拐场。

我的气出把颈满，眼泪双双流两行。

当堂哭在你眼前，不管人谈话乱讲。

源头相好把心开，如今得这忧愁重万两。

你讲说讲完道歉也不管，当面说出急急忙。

花开花会谢起来，自然落地无声响。

相好情义大如天，还没玩饱我不想。

出名远扬通四海，花垣保靖都知详。

还有吉首那一边，无有一处不宣扬。

浓浓念念分不开，同头共枕困一床。

又是相亲又相爱，口水吞下甜如糖。

两下情浓深如海，恩爱夫妻硬如钢。

不怕风吹冰雪寒，不管四下人谈讲。

阿娘有你把我担，头帕把她买得长。

到时归天上阴间，让她戴去见阎王。

冷天你送电热毯，不让感冒我阿娘。

她也把话让我报你来，到了那时候送你孝帕有我长。

你的情义记心间，只有终身一世配你光。

十二、悼念情人妈妈歌

埋娘单昂汝莎斩，

Manx niangx dans ghax rub shad zhans,

旦久告虐回老家。

Danb jius gaod niub huib laod jias.

难难阿娘几斗先，

Nand nand ad niangx jid dous xians,

扛吾嘎弄背公他。

Gangx wub gad nongb beid gongb tab.

吉上候窝落气钱，

Jid shangb houd aod loub qi qianx,

上扛路费汝儿怕。

Shangb gangb lud feib rub jid pab.

吉候酷吾候洗脸，

Jid houb kud wu houd xid lians,

兄到阿晚吾香瓜。

Xiongb daob ad wanb wud xiangd guas.

茶叫茶齐久尖尖，

Chab jiaod chab qit jiud jians jians,

汝龙吉标浪香乜。

Rub longd jid bious nangd xiangb niax.

布大没到秋岁旦，

Bub da meix daob qiud suid dans,

吉后弄欧八抬花。

Jid houb nongb oud bab tand huas.

抱照虫兵茶善善，

Baod zhaob chongb bingb chab shait shait,

再比你虐出卡再嘎茶。

Zaid bib nid niub chub kad zaid gad chab.

难内吉后苟强赶，

Nanb neix jid hous goud qiangx gand,

浓到钱纸汉头扎。

Niongb daob qianx zhid haid tous zhab.

充到道师把路开，

Chongb daob daos shid bad lub kais,

内苟开当求打便。

Neix goud kaid dangb qiub dad biat.

话内苟送包单兰，

Huab neix goud songb baod danb lans,

扛喂出头召将朗儿嘎。

Gangb wed chub toud zhaob jiangs nangd jid gas.

出牙会通绒补先，

Chub yab huib tongt rongx bub xiant,

求补流夯窝闹腊。

Qiub bub liub hangd aod laos lab.

本应上门报标研，

Bend yinb shangb menx baod boud niand，

洽内卜拔浪拉渣。

Qiab neix pub pad nangd nad zhab.

想办情节喂几敢，

Xiangb band qingx jied wed jis gand，

暗地窝头比便踏。

And dib aod toud bid biat tab.

阿忙阿见皮你埋阿娘窝豆班，

Ad mangb ad jianb pib nid manx ad niangd aod dous bans，

炯龙蒙浪苟梅出阿惹。

Jiongb longd mengx nangd goud meix chub ad rous.

昂昂几娘打奶斩，

Ghax ghax jid niangx dad lieb zhans，

喂号包齐埋洞：

Wed haob baod qit manx dongb：

阿娘单虐昂几怕。

Ad niangb danb niub ghax jid pas.

久忙锐列摆达千，

Jiud mangb ruit lieb biab dad qians，

这这抓白召闹昂。

Zheb zheb zhab baid zhaob laod ghas.

孝帕扛喂有两掰，

Xiaob pab gangb wed youd liangb bans，

喂图吉哈加豆窝嘎腊。

Wed tub jid has jiad dous aod gad lab.

几没苟从召吾斩，

Jid meix goud congb zhaob wut zhans，

敬照到比满头发。

Junb zhaob daob bid manx toud fab.

敬到龙蒙管几管，

Junb daob longd mengx guand jis guand，

几管喂列龙浓炯几达。

Jid guanb wed lieb longd niongb jiongb jid dad.

得从过挂先松尖，

Dex congb guob guab xianb songd jiand，

莎尼绒虐得绒花。

Shab nib rongb niub dex rongx huad.

埋在活龙正口间，

Manx zaib huob longd zhengd koud jians，

常拢朝浓汝几良。

Changb longd chaob nongb rub jid nangb.

你娘到时好归天，到了归天回老家。

喊喊阿娘把气断，喂水口中吃不下。

马上帮烧落气钱，送她路费好回家。

赶快热水帮洗脸，热得一锅水桃丫。

洗好洗净又擦干，好和祖宗坐一家。

衣柜取得衣花缎，把她穿衰八抬花。

卧在堂屋的中间，再比生时还要好看她。

喊人帮去把场赶，买得纸钱许多沓。

请得道师把路开，道路开通上天达。

请人把信报四边，送我织布赶快放手不织它。

举步走到绒补先，上坡流夯高矮踏。

本应上门进屋来，怕人一边讲拉渣。

想到情节我不敢，暗地烧纸四五沓。

那一夜，成梦来到棺木边，和你的姐妹坐在那。

哭哭啼啼述悲哀，我便报她们说：阿娘情重比天大。

不觉饭菜又摆来，碗碗肉块手掌大。

孝帕送我有两块，我戴头上拖地下。

脏了没有去洗干，尽孝戴到满头发。

尽孝和你管不管，不管我要和哥做一家。

坟墓请得先生看，都是风水宝地发。

埋在活龙正口间，回转朝向我们家。

第四章　赶秋歌

一、赶秋歌

1.

堂秋喂将窝声萨，

Tangx qius wed jiangs aod shongt sead，

够加够汝关否求。

Goud jiad goud rub guanb woud qiub.

尼内够充喂几加，

Nib neix goud chongb wed jis jiad，

加汝够兵几浓秋。

Jiad rub goud bingb jid niongb qius.

崩那崩豆抄几瓦，

Bengd nas bengd dous chaod jis wab，

吵闹崩那同都受。

Caod laob bengd nad tongb dous shoud.

窝虐交秋亚常挂，

Aod niub jiaod qius yad changs guab，

春来夏往浪窝久。

Chund laid xiab wangb nangd aod jius.

交秋出你几冬腊，

Jiaod qius chub nid jid dongs lab，

出召号拢楼吼吼。

Chub zhaob haod longs loud hous hous.

赶秋浪内拢出八，

Ganb qius nangd neix longd chub bas,

从纵必求邦儒休。

Congb congb bid qiub bangd rus xiud.

先目先梅同内巴，

Xianb mud xianb meib tongb neix bab,

声度产萨几吼豆。

Shongt dub chans sead jis houd dous.

秋场我唱歌言话，唱好唱差莫要管。

是人全部唱不差，好丑我唱来浓台。

一年四季轮轮打，车轮滚滚跑往前。

交秋日子讲的话，春来夏往不停转。

立秋闹秋闹热大，热烈庆祝在此间。

赶秋日子人来大，秋场人数万万千。

人人欢喜笑哈哈，欢呼热闹声震天。

2.

赶秋西虐没背够，

Ganb qius xid niub meix bid gous,

剖会西昂浪内苟。

Boud huib xid ghax nangd neix goud.

忙得当孟崩泡休，

Mangx des dangs mengd bengs paod xius,

牛望清明人望秋。

Niub wangb qings mingx renx wangb qius.

出伞出茶那拢楼，

Chub said chub chab nad longs loud,

汝茶汝伞起叉吼。

Rub chab rub said qis chab houd.

丰收在望到了头，

Fengd shoud zaib wangb daob led toux,

尼内尼总几叟周。

Nid neix nid zongs jis syoud zoub.

Nid neix nib congb jid soud zhoub.

出茶当克窝昂休，

Chub chab dangb kes aod ghax xiud，

汝汉麻能宽心偷。

Rub haib max nongx kuanb xind toud.

交秋歌言唱一首，表达几句话心怀。

一度一年庆丰收，一年一度庆丰年。

牛望清明人望秋，蜜蜂等望百花开。

我们人人笑开口，脸上起了桃花颜。

男女老少一路走，歌声歌唱皆喜欢。

3.

得得单昂片背辽，

Dex dex danb ghax pianb bid liaob，

内共单昂周斗免。

Neix gongb danb ghax zhoub dous mianb.

忙叫昂约公读哨，

Mangb jiaob ghax yox gongb dub shaod，

明当几台巴告贪。

Mingb dangb jib tanb bab gaox tans.

内图昂约告最夭，

Neix tub ghax yod gaox zuid yaos，

格热爬昂干冉冉。

Gied rax pab ghax ganb zaid zaid.

苞尔穷约吾马潮，

Baod erb qiongb yod wud mab chaos，

几葡苟楼拿内干。

Jib pub goud lous nab neix gans.

山乐水喜人欢笑，

Shanb led shuib xid renx huanb xiaob，

窝虐交秋他弄单。

Aod niub jiaod qiut tad nongb dand.

小孩摘得野果到，老人到了时节欢。
夜里纺车娘虫叫，天亮蚂蚱跳高远。
中午叫了告最天，格热爬叫干冉冉。
苞谷起了黄色好，田中稻穗把腰弯。
山乐水喜人欢笑，赶秋又逢在今天。

4.

单冬交秋日子好，

Danb dongt jiaod qius rx zid haos，

抱录浪内周吉研。

Baod lub nangd neix zhoub jid nianx.

内图昂白告最天，

Neix tub ghax baid gaos zuid yaos，

格热爬昂干冉冉。

Geid red pad ghax ganb zaib zaib.

忙叫昂约公读哨，

Mangb jiaob ghax yox gongd dus shaod，

明当几台巴告胎。

Miongx dangb jid tans bad gaod tans.

背图帮儒捕西教，

Bid tub bangb rud pub xid jiaob，

鸟吹鸟绒先背干。

Niaox cuid niaox rongd xianb beid gans.

包尔穷约吾马潮，

Baod erd qiongb yox wud mas chaob，

吉菩苟楼拿内干。

Jid pub goud lous nas neix gans.

背苟汝伞内吉乔，

Beid goud rub said neix jid qiaox，

吉难交秋莎拢单。

Jid nanb jiaod qiut sead longd dans.

立秋时节日子好，务农的人好喜欢。

中午又有飞虫叫，甲虫它叫干冉冉。
夜头又有纺车跑，天亮蚂蚱蹦起来。
田地粮食成熟了，野泡果实一串串。
苞谷大包产量高，谷穗成熟把腰弯。
今年粮食收成好，立秋庆贺笑脸开。

5.

交秋他拢很热闹，

Jiaod qiut tad longs hend rex laob，

三班老少久阿充。

Sand band laod shaob jiud ad chongs.

声松声萨几然哨，

Shongd songt shongd sead jid rax shaod，

汝兰照告拢几朋。

Rub lans zhaob gaox longd jis pengx.

赶秋浪萨同流袍，

Gans qiud nangd sead tongb liud paob，

朝朝代代善歌容。

Chaob chaob dais dais shait guod rongs.

龙生龙子虎生豹，

Longx shengd longd zid hus shengd baob，

阿柔够挂阿柔拢。

Ad rous goud guab ad rou longs.

交秋浪萨够几叫，

Jiaod qiut nangd sead goud jis jiaob，

纠内谷乙岔几通。

Jiud neix guod yib chab jid tongt.

老老达拢善歌造，

Laod laod dab longd shait guod zaob，

老仰补梅拔够充。

Laod yangb bub meib pad gous chongb.

老猴够充炯苟绕，

Laod houb goud chongb jiongb goud raos，

贵生造汝萨古人。

Guib shengd zaob rub sead gus renx.

比奶便久有名号，

Bit lieb biat jiud yous mingx haob，

考岁够汝挂猛冬。

Kaod suit goud rub guad mengx dongs.

培养阿高得年少，

Peib yangb ad gaos dex nianx shaob，

再比麻共够嘎充。

Zaib bid max gongb goud gad chongb.

进户背周腊够到，

Jinb hud bid zhoub lab goud daob，

古人吉溜同松炯。

Gud renx jid liub tongb songb jiongb.

正发够萨汝告饶，

Zhengb fab goud sead rub gaod raos，

吉柔萨莽同者穷。

Jid roub sead mangb tongb zheb qiongs.

排打乙浪最老乔，

Paid dab yi nangd zuis laod qiaox，

吉除堂抢充腊充。

Jid chub tangb qiangd chongb nad chongb.

拔夫浪萨同热潮，

Pab hub nangd sead tongb rex chaob，

萨拔萨浓腊够兵。

Sead pab sead niongb nad gous biongd.

吉生久内吉捕照，

Jid shengb jiud neix jid pub zhaob，

吉岔水口内忘昏。

Jid chab shuid koud neix wangb huns.

凤连汝萨很深奥，

Fengd lianb rub sead hend shengd aob，

够汝炯你花垣猛。

Goud rub jiongb nit huad yuanb mengx.

贵良出萨腊出到，

Guib nangb chub sead nad chub daob，

够挂花垣通乾城。

Goud guab huad yuanb tongb qiand chengx.

五生够萨瓜瓜叫，

Wud shengd goud sead guad guad jiaob，

毕萨堂卡汝理松。

Bid sead tangb kab rub lid songt.

拔青排比得牙要，

Pad qings pai bib dex yad yaob，

够扛窝声旦同同。

Gud gangb aod shongt dans tongd tongd.

昌书浪萨有一套，

Chengb shub nangd sead yous yib taob，

几够堂卡汝英雄。

Jid goub tangb kad rub yings xiongb.

成忠堂萨久吉乔，

Chengb zhongb tangx sead jius jid qiaox，

暗地造萨扛内用。

And dib zaob sead gangb neix yongb.

朝西够萨没告跳，

Chaob xid goud sead meix gaos tiaob，

巴二阿告候兵声。

Bab erd ad gaox houb biongd shongt.

官清够萨苟葡到，

Guanb qingd goud sead goud pub daob，

拔拐够汝龙否拼。

Pad guanb goud rub longd woud piongs.

胜本炯你半坡坳，

Shengb bend jiongb nid band pod aos，

水口吉溜同舞绒。

Shuid koud jid liub tongb wud rongx.

号几号阿莎够叫，

Haod jib haob ad sead goud jiaob，

对唱阿充拔没能。

Duib chengb ad chongb pad meix nongx.

汝秋汝兰便照告，

Rub qiux rub lans biat zhaob gaob，

各路高师莎单弄。

Geb lub gaod shid sead dans nongd.

画眉齐嘴大家叫，

Huab meib qis zuid dad jiad jiaob，

嘎扛阿奶几浪公。

Gad gangx ad lieb jid nangd gongs.

爱唱的人有一套，

Aib changb des renx youd yib taob，

同柔告能内录兵。

Tongb roud gaox nongd neix lud biongs.

同心团结拿补闹，

Tongb xinb tuanx jied nad bus laob，

吉记帮渣扛兵炯。

Jid jib bangb chas gangb biongd jiongb.

交秋今天很热闹，三班老少很多人。

歌声唱声都很高，亲戚六眷都来临。

赶秋的歌一大套，朝朝代代有歌云。

龙生龙子虎生豹，一代传去一代兴。

交秋的歌唱不了，几天十夜唱不登。

老老达拢善歌造，老仰补梅唱得清。

老猴会唱坐苟绕，贵生造好歌古人。

四个五人有名号，可惜唱好过了行。

培养一些歌年少，再比老班唱得登。

进户背周蹲凳靠，古典熟溜好古人。

正发唱歌好音调，好似戏班拉胡琴。

排打乙的是老乔，歌唱堂更浓得很。

拔夫的歌有一套，男女的歌他也行。
吉生多人讲有道，唱即水口人忘昏。
凤连好歌很深奥，唱歌她坐花垣城。
贵良造歌很奥妙，唱远花垣通乾城。
五生唱歌呱呱叫，答歌清韵好理行。
拔青排碧歌巧妙，歌声美妙好歌云。
昌书的歌有一套，歌唱堂中好雄英。
成忠堂歌大有巧，暗地作歌送人用。
朝西唱歌有门道，巴二在后帮出声。
官清唱歌有名手，拔拐歌唱和他拼。
胜本坐在半坡坳，水口唱如龙飞奔。
各处地方都唱到，对唱许多女才能。
亲戚五方六面告，各路高师都来临。
画眉齐嘴大家叫，莫让哪个不满心。
爱唱的人有一套，都是高师大能人。
同心团结才可靠，撵那老虎出山林。

6.

求送歌台苟萨板，

Qiub songb guod tanb goud sead biab,

茶伞茶茶苟萨够。

Chab said chab chab goud sead gous.

心意表达一点点，

Xinb yib biaod dad yis dians dians,

加汝够兵几浓秋。

Jiab rub goud bingb jid niongb qius.

六月十七的今天，

Liub yued shid qib des jind tians,

交秋窝虐亚常走。

Jiaod qiut aod niub yad changs zoud.

尼总尼内莎吉研，

Nib congb nib neix sead jib nians,

脸带桃花乐悠悠。

Liand daib taod huab led yous youd.

最内最总苟秋赶,

Zuib neix zuib congb goud qiud gans,

从总必求包儒秀。

Congd congb bib qiub baod nus xiud.

人望秋节龙望海,

Renx wangb qiud jied longd wangb haid,

见弄忙得当梦崩背构。

Jiand nongs mangb dex dangs mengd bengs beid goud.

苟搂几不哈见帅,

Goud loud jid bub has jianx shait,

窝保剖尔拿豆收。

Aod baod boud erd nad dous shoud.

照计拢片半冉冉,

Zhaob jib longd pianb band zaid zaid,

遍地稻浪如水流。

Pianb dib daob nangd rub shuid liub.

是人看见都喜欢,

Shid renx kand jianb dous xid huab,

丰收在望于眼头。

Fengb shoub zaib wangb yud yand tous.

窝虐交秋他拢单,

Aob niub jiaod qiut tad longs dans,

一年一度庆丰收。

Yid nianx yid dub qinb fengd shoud.

上到歌台把歌摆,庆立时节唱一首。

心意表达一点点,好丑也唱庆祝秋。

六月十七的今天,就是交秋的日子。

是人大众开笑脸,脸带桃花乐悠悠。

是人完全把秋赶,人山人海如潮流。

人望秋节龙望海,好似蜜蜂等望百花油。

稻穗吊头都饱满,芭谷好似大棒头。

风来吹动黄满山，遍地稻浪如水流。
是人看见都喜欢，丰收在望于眼头。
立秋之日是今天，一年一度庆丰收。

7.

嘎处单昂先背疗，
Gad chub dans ghax xianb beid liaob，
抱录浪内周斗满。
Baod lub nangd neix zhoud dous mans。
内图昂约告最妖，
Neix tub ghax yod gaox zuid yaos，
格热爬昂干冉冉。
Geid rad pad ghax gans zaid zaid。
忙叫昂约公读哨，
Mangb jiaob ghax yob gongb dus shaod，
明当几台巴告胎。
Miongx dangb jid tans bab gaod tans。
累抱穷约吾马潮，
Lieb baod qiongb yox wud mab chaos，
浪路包尔壮冬全。
Nangb lub baod erd zhangb dongb quans。
吾昂亚拢汝萨泡，
Wud ghax yad longs rub sead paob，
够内够忙几水斩。
Goud neix goud mangb jid shuid zhans。
内吉研浪五吉乔，
Neix jib nians nangd wud jid qiaod，
同庆秋节大丰产。
Tongb qinb qiud jied dad fengd chans。

地枇杷也熟透了，务农的人好喜欢。
中午又有飞虫叫，甲虫它叫干冉冉。
夜头又有纺车跑，天亮蚂蚱蹦起来。

田地粮食成熟了，野泡果实一串串。
歌言井水源头高，白天直唱到夜间。
人也欢来水也笑，同庆秋节大丰产。

8.

交秋逢照强马库，

Jiaob qiut fengd zhaob qiangd mad kub,

腊几楼虐达起走。

Nad jib loud niub dad qis zoud.

交秋号弄嘎汝就，

Jiaod qiut haod nongs gad rub jiub,

十年难逢金满斗。

Shid nianx nand fengs jinb manx dous.

几叟吉研潮不不，

Jid soud jib nians chaod bub bub,

欢聚一堂庆丰收。

Huand jiub yid tangb qins fengd shoud.

达绒狮子有无数，

Dad rongx shid zid yous wux shub,

沙拳沙棍汝搞头。

Shab quanx shab ghun rub gaod toux.

巴代求同公夫汝，

Bab daib qiub tongb gongb fud rub,

抱拢抱炯几吼豆。

Baod longd baod jiongb jid hous doud.

声萨吉报求声无，

Shongb sead jid baod qiub shongd wud,

窝拢抱汝九良偷。

Aod longd baod rub jiud liangd tous.

盛世太平乐有故，

Shengd shib tand pingx led yous gub,

万方乐奏足搂吼。

Wand fangb led zoud zud loud hous.

交秋是逢场马库，多年才能逢一次。
交秋这里年丰足，十年难逢金满斗。
欢欢喜喜到各处，欢聚一堂庆丰收。
龙灯狮子有无数，打拳耍棍好花手。
巴代刀梯好功夫，打鼓堂半震天吼。
歌声笑声震云雾，又打鼓来又坐秋。
盛世太平乐有故，万方乐奏震北斗。

9.

交秋萨袍唱一首，

Jiaod qiut sead paob changb yid shoud,

表达几句话心怀。

Biaod dab jid jius huad xinb huaib.

一度一年庆丰收，

Yid dub yid nianx qins fengd shoud,

一年一度庆丰年。

Yid nianx yid dub qinb fengd nianx.

牛望清明人望秋，

Niux wangb qingb mingd renx wangb qiud,

忙得当梦崩泡先。

Mangb des dangb mengx bengd paod xians.

剖内冬腊几叟抖，

Boud neix dongs lab jid shoud dous,

脸上起了桃花颜。

Lianb shangb qis led taod huad yanx.

男女老少会出苟，

Nanb nid laod shaob huid chub goud,

声无声除够几产。

Shongb wud shongb chub goud jis chans.

有说有笑几叟周，

Youd shuob youd xiaob jid shoud zhoub,

喜度金秋乐无边。

Xid dub jinb qiud les wux biand.

立秋歌言唱一首，表达几句话心怀。
一度一年庆丰收，一年一度庆丰年。
牛望清明人望秋，蜜蜂盼望百花开。
我们大众乐悠悠，脸上起了桃花颜。
男女老少一路走，歌声欢笑冲云天。
有说有笑心无忧，喜度金秋乐无边。

10.
得得单昂片背辽，
Dex dex danb ghax pianb beid liaob,
内共单昂周斗兔。
Neix gongb danb ghax zhoud dous mians.
忙叫昂约公读哨，
Mangb jiaob ghax yox gongb dus shaod,
明当几台巴告贪。
Mingb dangb jid tans bad gaod tans.
内图昂约告最夭，
Neix tub ghax yod gaox zuod yaod,
格热爬昂干冉冉。
Geb rex pad ghax gand zaid zaid.
苞尔穷约吾马潮，
Baod erd qiongd yox wud mad chaos,
几葡苟楼拿内干。
Jid pub goud loud nad neix gand.
山乐水喜人欢笑，
Shanb leb shuib xid renx huanb xiaob,
窝虐交秋他弄单。
Aod niub jiaod qiut tad nongb dans.

小孩喜欢地枇杷，老人喜欢秋节到。
夜里纺车虫虫叫，天亮蚂蚱弹腿高。
中午叫了告最夭，甲虫飞虫冉冉叫。
苞谷壳起黄色了，田中稻穗又弯腰。

山乐水喜人欢笑，赶秋又逢在今朝。

11.

崩豆草闹同青尼，

Bengx dous caod laob tongb qingb nid，

崩那草老久几得。

Bengd nad caos laod jiud jis dex。

一年来了一年去，

Yid nianx laid led yid nianx qib，

告虐交秋他弄白。

Gaod niub jiaod qiut tad nongs baid。

交秋窝冬林意义，

Jiaod qiut aod dongs liongx yid yis，

寒来暑往浪窝内。

Hand laid shud wangb nangd aod neix。

秋来夏往各归位，

Qiub laid xiab wangb ged guid weib，

昂弄起约久昂内。

Ghax nongb qid yox jiud ghax neix。

夏秋本来分两季，

Xiab qiut bend laid fend liangb jib，

交秋窝虐昂几白。

Jiaod qiut aod niub ghax jid baid。

粮西修常达锐锐，

Liangb xid xiud changs dad ruit ruit，

尼甲窝冬昂六月。

Nib jiad aod dongt ghax liud yuex。

秋风秋雨拢必雷，

Qiut fengd qiut yud longd bis leid，

楼你吾腊滚久奶。

Loud nit wut nad gunb jiud lieb。

包尔同滚单背弟，

Beod erd tongb gunx dans beid dis，

是人等望交秋节。

Shid renx dengs wangb jiaod qiut jied.

年年都有赶秋会，

Nianx nianx dous youd gand qiut huib，

庆贺丰收笑灭灭。

Qinb heb fengd shoud xiaod mied mied.

西昂出见老规矩，

Xid ghax chub jianx laod guid jius，

就就交秋闹热热。

Jiud jiud jiaod qiut laob res res.

日轮东出又归西，月轮飞快不能停。
一年来了一年去，立秋之日又当今。
立秋时节大意义，寒来暑往滚滚轮。
秋来夏往各归位，天热过去到天冷。
夏秋本来分两季，立秋时节两边分。
粮食要收归家去，过等六月就当紧。
秋风秋雨又来催，谷在田中都黄登。
苞谷熟了就得吃，是人等望交秋临。
年年都有赶秋会，庆贺丰收笑盈盈。
从前古人老规矩，年年交秋闹热兴。

12.

赶秋坐秋千歌
Gand qius zuob qiud qiand guod

他弄闹热剖拢孟，

Tab nongd laod rex boud longd mengs，

炯当窝虐昂闹热。

Jiongb dangb aod niub ghax laod rex.

相蒙最林阿充总，

Xiangb mengd zuid liongx ad chongb zhongb，

共让吉高求得得。

Gongb rangb jid gaod qiub des des.

龙单浪场几潮红，

Longd danb nangd changd jid chaod hongb，

德平德闹休白内。

Dex piongx dex laob xiud baid neix.

打绒狮子午中中，

Dad rongb shid zid wud zhongb zhongb，

又滚绣球吉克得。

Youb ghunx xiud qiub jid ked des.

抱弄把豆转提穷，

Baod nongs bab dous zhuanb tid qiongb，

毕求桃花鲜红色。

Bid qiub taod huab xianb hongb seb.

跳舞平台多人众，

Tiaob wud pingb tand duos renx zhongb，

伸缩跳跃多齐彻。

Shengd suod tiaod yed duos qid ches.

想岔窝得安乙炯，

Xiangb chab aod des and yis jiongb，

召埋达务拢几者。

Zhaob manx dad wus longd jis zheb.

锐剖苟求辽花炯，

Ruit boud goud qiub liaod huab jiongb，

吉现达吾求打内。

Jd xianb dad wus qiub dad neit.

扛剖炯冬青窝共，

Gangb boud jiongb dongb qings aod gongb，

几得达务列萨说。

Jid des dad wud lieb sead shuob.

加喂声够出几朋，

Jiad wed shongb goud chub jid pengx，

几尼够萨浪角色。

Jid nib goud sead nangd jiaox sed.

求埋大席管否红，

Qiub manx dad xid guanb woud hongb，

腊召葡西阿修乖。

Nad zhaob pub xid ad xiud guas.

今天真是闹热很，坐等立秋做闹热。
真的来了很多人，老少三班都来得。
来到秋场的中心，人山人海挤不扯。
龙灯狮子舞阵阵，又滚绣球又跳跃。
打鼓棒槌飘轻轻，好似桃花鲜红色。
跳舞平台多美人，伸缩跳跃多齐彻。
想找安逸可不行，被你马上又来扯。
拖我坐秋本难应，扯去上空秋千歇。
送我又坐秋千登，停住马上要歌说。
差我不好这歌云，不是唱歌的角色。
求你众人要宽心，我被撒灰一身黑。

13.

烂冬日久多雪令，

Lanb dongb rs jiud duos xued lingb，

达白相溶亚拢沙。

Dad baid xiangb rongx yad longs shad.

几兵哭标窝埋明，

Jid bingb ked boud aod manx mings，

明当寿通埋阿嘎。

Miongb dangb shoud tongb manx ad gad.

窝埋拢单几者炯，

Aod manx longd dand jis zheb jiongb，

求冬窝告列够萨。

Qiub dongt aod gaod lieb goud sead.

体不像人貌不众，

Tid bub xiangb renx maod bub zhongb，

欧弟莎没打吧爬。

Oud dib sead meix dad bab pad.

阿比笔果阿梅共，

Ad bib bis guod ad meix gongb,

窝报几哭吉卡卡。

Aod baob jid kus jid kad kad.

出萨关苟窝声朋，

Chub sead guanb goud aod shongb bengd,

要度前色嘎想加。

Yaob dub qianx sed gad xiangb jiad.

少包将喂闹扛纵，

Shaob baod jiangs wed laod gangx congb,

扛内麻让出头打。

Gangb neix max rangb hub toud dad.

烂冬日久多雪冷，雪下没融又来沙。

眼看窗户天未明，天一明亮走出家。

一来到边热情应，扯上秋千把歌耍。

体不像人貌不新，衣服脏烂不像话。

一头白发一脸困，背上腰驼眼睛花。

唱歌气短不出声，少话填塞要管他。

赶快放我下来临，让位青年出头打。

二、年节歌

1.

四月八
Sid yuex bab

西虐苟汉大容书，

Xid niub goud haib dad rongx shub,

阿气虐满熟大容。

Ad qib niub manx shud dad rongs.

内号冲汉大容出阿儒，

Neix haob chongb haib dad rongb chub ad nus，

比便照偶候几崩。

Bit biat zhaob oud houd jis bengd.

大中将犁吉哭哭，

Dad zhongb jiangd lib jid kus kus，

自书告包犁窝容。

Zid shud gaod baob lid aod rongb.

帮处少没打油偶，

Bengb chub shaod meix dad yous oud，

尼否浪绒纵嘎林。

Nid woud nangd rongx congb gad liongx.

内叉将容猛娄油，

Neix chab jiangs rongx mengd lous yous，

尼否熟娘阿夯冬。

Nib woud shud niangx ad hangb dongs.

阿气西虐浪原古，

Ad qib xid niub nangd yuans gud，

四月八虐苟油冲。

Sid yueb bab niub goud yous chongb.

力大无穷眼又古，

Lid dad wux qiongb yand yous gud，

阿秋背斗拿窝仲。

Ad qiub beid dous nad aod chongb.

出茶浪内解累苦，

Chub chab nangd neix jied lieb kus，

就就腊苟虐首能。

Jiub jiub nad gous niub shoud nongx.

那比乙内虐首油，

Lab bit yid neix niud shoud youd，

尼纵兄油儿没冲。

Nib congb xiongb youd jib meix chongb.

阿气虐西龙拢捕，

Ad qib niub xid longd longd pub，

阿柔打油浪原公。

Ad roud dad yous nangd yuanb gongs.

古代用羊来犁土，从前用羊来犁田。
人们套起群羊做一处，四五六只做一拼。
一放犁头羊群缩，一犁就倒在田困。
山上野牛有无数，牛的力气大得很。
人们才把牛套住，用它犁地耕得深。
过去从前的原古，四月八日牛出生。
力大无穷眼又鼓，尾巴拖到地边行。
耕春的人解累苦，四月八日牛免耕。
四月初八不犁土，休牛不犁依古行。
四月初八的根古，过去牛生的原根。

2.

穷人过年歌
Qiongx renx guod nianx guod

心中忧闷作歌言，
Xinb zhongb youd menb zuod guod yanx,
出见萨袍够阿然。
Chub jianx sead paod goud ad ras.
透就单约窝昂见，
Toub jiub dans yox aod ghax jianx,
窝卡浪见兄浪昂。
Aod kab nangd jianb xiongd nangd ghax.
内没见嘎当克见，
Neix meix jianb gad dangb ked jianx,
弄剖几空嘎报扛单差。
Nongb boud jib kongd gad baod gangb danb chas.
航吹抱爬告出连，
Hangx cuid baod pab gaox chub lianx,
要嘎你够卜度虾。

Yaob gad nib goud pub dus xias.

浓到常拢见阿伞,

Niongb daob changs longd jianb ad said,

几扛得休吉克咱。

Jid gangb dex xiut jid kes zas.

等到二九窝昂见,

Dengx daob erd jius aod ghax jianx,

又没苟扛棍香沙。

Chab meix goud gangb ghunb xiangb shad.

疗见板照弄几干,

Liaod jianb biad zhaob nongb jid gans,

窝里窝那几没他。

Aod lib aod lab jid meix tab.

祖宗看见莎斩善,

Zud congb kanb jians sead zhanb shait,

林红江江尼拿他。

Liongx hongb jiangs jiangs nid nad tab.

阿逃几午苟相男,

Ad taob jid wub goud xiangb nanx,

拼伞扛骂能窝卡。

Piongx said gangb mab nongb aod kab.

常齐达吾苟几关,

Changs qit dad wus goud jib guans,

阿腊得休报梅哈。

Ad lab dex xiut baod meix hab.

炯出阿标乖干干,

Jiongb chub ad boud guat gans gans,

秋炯几没先苟打。

Qiub jiongb jid meix xianb goud das.

初一明当列从见,

Chub yid miongx dangb lieb congb jianx,

鸡到昂能害喂加。

Jid daob ghax nongb haid wed jias.

尼斗腊包吉打善，

Nib dous nad baod jib dad shait，

板弟候吾洽猛茶。

Biab dib houb wud qiab mengx chas.

兄便几斗窝求产，

Xiongb biat jid dous aod qius chans，

滚穷少同梅浪然。

Gunx qiongb shaod tongb meix nangd rax.

初三吉难完了年，

Chub sanb jid nanx wans led nianx，

大人让送昂儿洽。

Dad renx rangb songb ghax erd qiab.

就拢尼浓过斋年，

Jiud longb nid niongb guod zhans nianx，

封尽酒肉和打粑。

Fengd junb jiud rux hed dad bab.

抱娘阿偶腊应该，

Baod niangx ad ous nad yinb gais，

阿就内几白那阿。

Ad jiub neix jid bais nad as.

灶尼阿高得否判，

Zaob nix ad gaos des woud pans，

相拿背叫龙剖加。

Xiangb nad beis jiad longb boud jias.

相松共那苟公转，

Xiangb songt gongb nad goud gongb zhuans，

如汝味求出汉阿。

Rub rub weid qiub chub haid ad.

各人回忆退转来，

Ged renx huib yib tuib zhuans laix，

能挂几偶旧加嘎。

Nongx guab jid oud jiub jiad gas.

心中忧闷作歌言，作成歌言唱一回。
而今快了完一年，人人等望过年期。
人有钱米望年来，我们贫穷不等起。
村上杀猪叫连天，无钱不敢称肉吃。
买得回转藏起来，藏在深深的房内。
等到二九过大年，才取拿敬祖宗吃。
煮好摆上案板边，腰子绳索都没取。
祖宗看见心冷完，肉大也只两指齐。
一句就把祖宗喊，吹气祖宗打先吃。
敬完祖宗收起来，小孩哭闹流泪水。
坐在家中冷绵绵，夜晚亮灯点不起。
初一早上煮成饭，没有荤菜我吃亏。
只有萝卜来壮胆，门外忌水不敢洗。
只煮酸汤没啥掺，红黄如同马尿灰。
初三熬过完了年，大人让送娃儿吃。
今年我家过斋年，封尽酒肉不拢嘴。
若杀一猪也应该，一岁何时打转去。
可怜一帮小娃孩，小小年纪遭苦逼。
悲伤拿索吊颈来，为个什么把命归。
各人回忆退转来，吃过喉头成屎堆。

3.

富人过年歌
Fub renx guob nianx guod

青内青那抄几产，
Qingb neix qingb nad chaod jis chuans,
崩那崩豆抄吉江。
Bengb nad bengb dous chaod jid jiangx.
阿就难单阿奶见，
Ad jiub nanb dans ad lieb jianx,
补吧照谷叉白常。
Bub bab zhaob guox chab baid changs.

三班老少和青年，

Sanb band laod shaob hed qings nianx，

察善拿豆崩窝江。

Chans shait nad dous bengd aod jiangs.

声无声除够几旦，

Shongx wux shongx chub goud jid dans，

吉话绒善背苟夯。

Jib huab rongx shait beid gous hangd.

旧岁辞去迎新年，

Jiub suid cid qib yinx xind nianx，

发奋图强奔小康。

Fab fengb tub qiangx bengd xiaod kangs.

日月光阴过得快，岁月如同水流涨。

一年难等到年边，三百六十又日长。

三班老少和青年，开心乐意喜洋洋。

歌声欢声唱不断，爆竹放得震天响。

旧岁辞去迎新年，发愤图强奔小康。

4.

几叟吉年苟见挂，

Jid shoud jib niand gous jiant guab，

普天同庆几叟养。

Pub tianb tongb qinb jid shoud yangs.

挂见标标抱达爬，

Guab jianx boud boud paod dad pab，

早汉白楼吉话让。

Zaob haid baid loud jid huab rangs.

白楼吉交白糖架，

Baid lous jid jiaod baid tangb jias，

茶汉腊肉炖几常。

Chab haib nad rux dunb jid changs.

香肠标标哈出八，

Xiangb changx boud boud hab chub bas,
昂嘎昂录腊平两。
Ghax gad ghax lus nad piongx liangs.
再斗酒楼龙酒拔，
Zaib dous jiud loud longd jiud pab，
酒八酒搂平几扛。
Jiud bab jiud lous piongx jid gangs.
吉豆炮头同挂便，
Jid dous paod tous tongb guab biat，
礼礼震响冲山岗。
Lid lid zhengd xiangb chongb shand gangd.
标标团圆周哈哈，
Boud boud tuanx yuanx zhoud had had，
到他几叟吉年养。
Daob tab jid shoud jib niand yangs.

欢欢喜喜要过年，普天同庆喜洋洋。
过年户户杀猪来，打这粑粑满寨响。
糍粑合那白糖甜，洗这腊肉香又香。
香肠家家都挂满，鸡鱼鸭肉满桌上。
还有甜酒香酒坛，水酒甜酒多名堂。
爆竹放得震天涯，礼花震响冲山岗。
家家户户笑开怀，幸福日子得久长。

5.
尼宗当克阿奶见，
Nib congb dangb ked ad lieb jianx，
阿就扛王叉白常。
Ad jiud gangb wangb chab baid changs.
三班老少和青年，
Sanb bend laob shaob hed qings nianx，
件件几叟吉年养。
Jianb jianb jid shoud jib nianx yangd.

标标挂汝年团圆，

Boud boud guab rub nianb tuanx yuanx,

查善拿豆崩告江。

Chab shait nad dous bengd gaod jiangs.

打绒达潮舞几千，

Dad rongx dad chaod wud jis qians,

演戏抢球够萨莽。

Yanb xib qiangb qiud goud sead mangd.

声无声除够几产，

Shongx wud shongx chux goud jis chans,

声除声无够吉扛。

Shongb chub shongb wux goud jis gangx.

够扛标标到发财，

Goud gangb boud boud daob fab caix,

吾见篓拿得得汤。

Wud jianb loud nab des des tangd.

家家户户平安然，

Jiad jiad hub hub pingb and rax,

益寿延年炯苟夯。

Yub shoud yand nianx jiongb goud hangs.

是人等望过年来，一年到头才到边。

三班老少和青年，人人愉快心喜欢。

家家过好年团圆，心内快乐心花开。

龙灯狮子舞起来，演戏抢球歌不断。

欢呼喜庆乐开怀，喜笑欢乐心意满。

唱送大家得发财，福禄增大发登天。

家家户户平安然，益寿延年坐世间。

第五章　八人秋千歌

一、八人秋的根源之一

1.

疗花几奶吉岔起？

Liaox huad jis lieb jid chab qis?

几奶吉岔疗花客？

Jid liet jid chab liaod huad kes?

龙汉元年就窝比，

Longd haib yuanx niand jiud aod bis,

吉年那阿过春节。

Jid nianx nad ad guob chuns jied.

卜汉剖油三小女，

Pub haid boud yous sanb xiaod nis,

夜里困告包几乖。

Yued lib kunb gaod baod jis guat.

亚猛背叫亚猛比，

Yad mengs beid jiaod yab mengd bis,

到孟窝教费了烈。

Daob mengx aod jiaob feib led lieb.

列炯几关要人推，

Lieb jiongb jid guanb yaod renx tuid,

吉哈几料病好些。

Jid hab jid liaob bingb haod xied.

剖油思想无了计，

Boud youb sid xiangt wud led jib,

苟度卜保鲁班说。

Dous dub pub baod lud band shuob.

鲁班仙师多伶俐，

Lub band xians shid duos lind lis,

出见疗花青阿奶。

Chub jianx liaod huab qingd as liet.

锐内几瓜心畅意，

Ruit neix jid guab xinb changb yib,

炯汉疗花出闹热。

Jiongb haib liaod huab chub laod rex.

原根疗花够阿气，

Yanb gend liaox huab goud ad qib,

吉岔柔嘎包柔得。

Jid chab roud gad baod roud des.

荡秋何人提倡起？哪个提倡荡秋千？

龙汉元年正月里，正月欢喜过新年。

讲那剖油三小女，夜里困觉不能眠。

又痛头来又痛膝，得病在身最心烦。

要坐吊凳要人推，双脚吊下才安然。

剖油思想无了计，把话讲送鲁班仙。

鲁班仙师多伶俐，照计做成一秋千。

荡起旋转心畅意，坐上秋千闹热天。

原根秋千唱几句，传下子孙到永远。

2.

龙汉元年窝就狗，

Longd haib yuanb nianb aod jius goud,

那阿月半月当中。

Nad as yued banb yue dangb zhongb.

你卜龙王三女子，

Nit pub longd wangb sanb nit zid，

家内闲空炯爬崩。

Jiad neix xianb kongx jiongb pad bengx.

夜困家床龙板娄，

Yued kunb jiad chuangb longd biab nex，

相蒙汝抱足宽松。

Xiant mengx rub bad zud kuangb songt.

皮干佛爷浪狮子，

Pib ganb fob yed nangd shid zis，

渣鸟喳弄嘎养雄。

zhab niaox zhab nongb gad yangb xiongb.

吉乖到梦召吉久，

Jib guat daob mengx zhaob jib jiud，

单弄欧牙莎特通。

Danb nongb oud yad sead ted tongb.

充到药师拢单标，

Chongb daob yox shid longd dans boud，

莎拿几到否浪梦。

Sead nab jib daob woud nangd mengx.

叉难鬼谷老仙师，

Chab nanb guid guob laod xinb shid，

卜约阿课叉克充。

Pub yod ad kuob chab ked chongb.

列就阿奶八人秋，

Lieb jiub ad liet bab renx qiub，

再列欧奶欧告候几庆。

Zaib lieb out liet out gaox houb jib qinb.

列岔乙奶炯照弄图苟萨友，

Lieb chab yid liet jongx zhaob nongb tub goud sead yous，

弄羊叉汝拔浪梦。

Nongb yangb chab rub pab nangd mengx.

龙汉元年是属狗，正月月半月当中。

话讲龙王三女子，家内闲空绣花红。
夜困家床在家休，舒服畅意乐融融。
梦见佛爷的狮子，威武跳跃好英雄。
醒时得病痛苦久，浑身出汗衣湿通。
请得药师来到此，也治不了她病重。
才问鬼谷老仙师，卜了一课才晓通。
要做一个八人秋，再要两边人推来转动。
又要八个男女坐上把歌游，如此痊愈病轻松。

3.

叫到鬼谷浪度捕，
Jiaob daob guis guod nangd dub pub，
难到鲁班在家中。
Nanb daob lub banb zaib jiad zhongs.
张良李良同作主，
Zhangd nangb lid nangb tongx zuob zhud，
共抬斧凿来帮工。
Gongb tanb fud zaob laix bangb gongd.
岔图列求帮绒儒，
Chab tub lieb qiub bangx rongx nud，
伞到阿得图首林。
Saib daob ad dex tub shoud liongx.
头桐自尼把高图，
Toud tngx zid nib bab gaod tub，
列苟丧出告告青。
Lieb goud sanb chub gax gaox qingd.
二桐苟出窗千抢几吾，
Erd tongx goud chub chuanb qianb qiangd jib wud，
充个况乔照打虫。
Chongb guob kuangb qiaod zhaob dad chongb.
叉苟歌娘岔达务，
Chab goud guob niangx chab dad wus，
炯奶得让阿苟拢。

Jongx liet dex rangb ad gous longd.

起歌作词苟萨出，

Qid guob zuod cid gous sead chub,

炯求辽花汝兵声。

Jiongb qiub liaod huab rub bingb shongx.

龙王浪三女洞召起江久，

Longx wangb nangd sanb nix dongx zhaob qid jiangs jiud,

吉年汝牙否浪孟。

Jib nianb rub yab woud nangd mengx.

辽花根原龙拢捕，

Liaox huab gend yanb longd longd pub,

虐满辽花浪原公。

Niub manb iaod huab nangd yanb gongx.

照着鬼谷的话做，喊得鲁班在家中。

张良李良同作主，共抬斧凿来帮工。

要去山林去砍树，选得一根铁树丛。

头桐就是苑苑树，要来削做横梁冲。

二桐削做窗千来串住，挽起竹圈套当中。

才把歌娘请来坐，八个男女都来朋。

起歌作词把歌述，坐上吊凳转半空。

龙王的三女坐了得好处，欢喜好病不再痛。

秋千根源如此述，古代荡秋原根通。

二、八人秋的根源之二

荡秋我把歌来扭，

Dangb qiud wod bab guod laid niub,

苟度古人弟拢拔。

Goud dub gus renx dis longb bab.

辽花唐王浪标旧，

Liaod huab tangx wangb nangd boud jius,

旧召玉村豆补阿。

Jius zhaob yud cunb dous bub ad.

充到鲁班汝吉构，

Chongb daob lub banb rub jib goub,

告冲排方嘎养打。

Gaox chongb paid fangb gad yangs dad.

唐王内内炯吉留，

Tangx wangb neix neit jiongb jid liub,

旧扛翠连汝几扎。

Jiub gangb cuib lianb rub jid zhab.

心中爱喜想得透，

Xinb zhongb aid xid xiangb dex toub,

窝乖王记几挂拔。

Aod guat wangb jib jid guab pad.

惊动八仙曹国舅，

Jingb dongb bab xianb caos guod jiub,

乙图神仙拢架萨。

Yid tub shenb xianb longd jiad sead.

何仙姑歌浪术溜，

Hed xianb gud guod nangd shud liub,

少将声够达惹惹。

Shaod jiangb shongx goud dad rous rous.

拐李够萨篓油油，

Guab lid gous sead ned youd youd,

逃逃礼松干嘎嘎。

Taob taod lis songt ganb gad gad.

韩湘子吹起笛子好节奏，

Haib xiangt zis cuid qis dis zid haod jies zout,

荡漾山谷飘天涯。

Tangb yangd shanb guod piaod tianb yas.

几炯八仙阿苟求，

Jib jiongb bab xianb ad gous qiub,

乙图神仙读几瓜。

Yib tub shengd xianb dus jib guab.

名扬千秋传后世，

Mingx yangd qians qiud chuanb houb shib，

冬豆吉岔求辽花。

Dongt dout jib chab qiub liaod huab.

荡秋我把歌来扭，要讲古人的原根。

秋千唐王起打头，建在玉村坡脚岭。

请得鲁班好结构，心内排方稳得很。

唐王天天坐到守，起送翠连好宽心。

心中爱喜想得透，大爷皇帝女人稳。

惊动八仙曹国舅，八位神仙答歌声。

何仙姑歌头熟溜，唱那歌声上天云。

拐李唱歌笑悠悠，句句都是好理行。

韩湘子吹起笛子好节奏，荡漾山谷飘天庭。

八仙一同来荡秋，八位神仙现真身。

名扬千秋传后世，凡间才荡秋千云。

三、坐秋歌

1.

辽花乙奶得况乔，

Liaod huab yid lieb des kuanb qiaob，

乙奶况乔况疗花。

Yid lieb kungb qiaob kuangb liaox huad.

辽花不剖几午告，

Liaox huad bub boud jid wud gaos，

辽图锐剖苟儿瓜。

Liaod tub ruit boud goud jib guab.

秋千八个竹篾圈，八个篾圈套得开。

秋千载我转圈圈，秋架载我转起来。

2.

辽花欧奶得窝告，

Liaod huab out lieb des aod gaob，

窝告欧奶补洞油。

Aod gaob out liet bub dongb yous.

够松够萨苟吉报，

Goud songb goud sead goud jib baod，

亚够萨浪亚出无。

Yad goud sead nangb yad chub wus.

窝冬几叟出热闹，

Aod dongt jib shoud chub rex laob，

窝虐吉年闹热足。

Aod niub jid nianb laod rax zus.

秋架又往两头靠，两头两个木梁弯。

坐秋要把歌言造，要唱秋歌才浓台。

今天我们做热闹，今日我们很喜欢。

3.

窝青尼猛亚尼常，

Aod qiongb nid mengx yad nib changs，

比洽再照千几连。

Bib hab zaib zhaob qianb jid lianx.

况况转够闹苟夯，

Kuangb kuangb zhuanb goud laod goud hangs，

吉哈炯闹几关关。

Jid hab jiongb laob jid guanb guanb.

阿腊年青苟苟挡，

Ad lab nianb qiongd goud goud dangs，

扯牙达吾求猛见。

Ched yab dad wus qiub mengd jianx.

人众壮年吉难昂，

Renx zhongb zhuangb nianb jid nanb ghax，

锐青达吾寿几现。

Ruit qiongd dad wut shoud jib xianb.

锐汉青寿久几常,

Ruit haid qiongb shoud jiud jid changs,

扛牙炯猛窝得善。

Gangb yab jiongb mengx aod des shait.

纵列楚必够萨莽,

Congb lieb chud bib goud sead mangs,

纵列否除萨大片。

Congb lieb woud chub sead dad pianx.

将汉声够吉话夯,

Jiangs haib shongb goud jib huad hangs,

几叟吉研闹热见。

Jid shoud jib yanx laod rex jians.

秋千荡去又荡来,四边又有穿木连。
吊下座架连篾圈,吊在空中歌团圆。
一些年轻在两边,要保秋架的安全。
人众壮年齐呼喊,推起秋千动起来。
推起秋架往前转,让妹坐到云头边。
总要逼我唱歌言,总要我唱歌几遍。
放起歌声震云天,真是水笑又山欢。

4.

疗花就你得包照,

Liaod huab jiud nis dex baod zhaob,

求你包照板柔年。

Qiub nid baod zhaob bian roud nianx.

蒙尼几奶标浪得牙要,

Mengx nib jid lieb boud nangd des yab yaob,

汝汉声够萨然冉。

Rub haib shongb goud sead rax zais.

洞蒙出萨多巧妙,

Dongb mengx chub sead duos qiaos miaob,

文对武答先练练。

Wend duib wud das xianb liand liand.

同崩叉袍多美貌,

Tongb bengd chab paob duos meix maob,

美貌好比拔兄仙。

Meix maob haod bis pad xiongb xians.

出萨阿龙苟吉抱,

Chub sead ad longs goud jib baod,

窝起拿架比级山。

Aod qib nad jiad bis jid shand.

秋千起在小山包,起在山包大板岩。
你是哪家的妹小,好这声音好歌言。
听你唱歌本巧妙,文对武答大高才。
人才如花多美貌,美貌好比女神仙。
和你唱歌莫心操,我的心内好喜欢。

5.

疗花就你得包照,

Liaod huab jiud nis dex baod zhaob,

求你包照板柔年。

Qiub nid baod zhaob biab roud nians.

想想列抱蒙阿炮,

Xiangd xiangd lieb baod mengs ad paos,

阿炮要嘎剖几单。

Ad paob yad gad boud jis dans.

秋千起在小山包,起在山包大板岩。
想想要打你一炮,一炮少药打不登。

6.

汝拔炯你辽花图，

Rub pab jiongb nid liaod huad tub，

达务同善达务昂。

Dad wus tongb shait dad wus ghax.

告闹吉哈出阿布，

Gaod laod jib had chub ad bus，

巴鸟几弟窝声萨。

Bab niaox jid dis aod shongx sead.

美女坐在秋千荡，一下又矮一下高。
双脚吊下好花样，口里歌唱声音好。

7.

汝拔汝养炯辽花，

Rub pab rub yangb jiongb liaod huas，

迷图迷久让提提。

Mid tub mid jiud rangb tid tid.

图汝靠缪配靠他，

Tub rub kaod mioud peib kaod tas，

干干弄喂阿奶起。

Gand gand nongb wed ad lieb qis.

美女好样荡秋千，美人个个都年轻。
戴着银帽配颈圈，真的刺痛我的心。

8.

比奶比久得葵让，

Bid lieb bid jiud des kuid rangb，

炯照辽花周热热。

Jiongb zhaob liaox huad zhoud res res.

克咱难秋难几娘，

Ked zas nanb qiud nanb jid niangb，

吉倡弄埋苟萨也。

Jid changb nongb manx goud sead yes.

四个四人小姑娘，坐在秋千笑眯眯。
见了是人心荡漾，试探歌唱要和你。

9.

牙林炯斗青阿告，

Yad liongx jiongb dous qiongd ad gaos,

剖照阿洽吉斗咱。

Boud zhab ad qiab jid dous zas.

喂够萨忙苟埋奥，

Wed goud sead mangb goud manx aod,

几没现浓斗大然。

Jid meix xianb niongb dos dad rax.

姐姐坐在秋千上，我在一旁看见了。
我要与你把歌唱，歌唱要和你相好。

10.

辽花草老同青尼，

Liaod huab caos laod tongb qiongb niad,

不到乙奶草几拐。

Bux daob yib lieb caod jid guais.

埋炯巴抓剖巴尼，

Manx jiongb bab zhab boud bab niax,

吉炯阿图辽花先。

Jid jiongb ad tub liaod huab xians.

秋千滚动如车游，载得八人打圈圈。
你们在左我坐右，共同一架的秋千。

11.

有缘吉炯辽花图，

Youd yuanb jid jiongb liaod huab tub,

比图得最让提提。

Bib tub dex zuib rangb tid tid.

比奶比久莎松汝，

Bit lieb bit jiud sead songb rub,

腊个弄牙剖浪起。

Nad guod nongb yab boud nang qit.

有缘共坐秋千高，四位帅哥年轻轻。

四个四人都生好，也很刺痛我们心。

12.

比奶比久莎松汝，

Bit lieb bit jiud sead songd rub,

汝最汝羊茶善善。

Rub zuix rub yangb chab shait shait.

同崩豆你背固图，

Tongb bengd dous nit beid gus tub,

想拢柳崩柳几单。

Xiangb longd liub bengd liub jid dans.

四位哥哥生得帅，好模好样真的好。

如花开在树木尖，想来摘花摘不到。

13.

辽花出萨拢够扛，

Liaod huab chub sead longbd gous gangs,

剖浪窝起吉年周。

Boud nangd aod qit jid nianx zhoub.

到蒙拢够萨阿将，

Daob mengx longd gous sead ad jiangs,

棍草拿弄几没斗。

Ghunx caos nad nongb jid meix dous.

坐秋作歌唱一会，我们心内乐悠悠。

得你来唱歌一回，忧愁全部都忘丢。

14.

豆最得浓萨打然，

Dous zuib des niongb sead dad rax,

斗浓郎萨照堂内。

Dous niongb nangd sead zhaob tangs neix.

几没现牙喂够加，

Jid meix xianb yad weid goud jias,

吉白声除亚常接。

Jid baid shongb chub yad changs jied.

答哥的歌唱一次，接你的歌心中吓。

没有嫌弃我唱丑，跟着马上把声接。

15.

他弄闹热剖拢孟，

Tab nongd laod rex boud longd mengx,

炯当窝虐昂闹热。

Jiongb dangb aod niub ghax laod rex.

相蒙最林阿充总，

Xiangb mengd zuid liongx ad chongd congb,

共让吉高求得得。

Gongb rangb jid gaod qiub des des.

龙单浪场几潮红，

Longd danb nangd changs jid chaod hongb,

德平德闹休白内。

Dex piongx dex laod xiud baid nait.

打绒狮子午中中，

Dad rongx shid zid wud zhongb zhongb,

又滚绣球吉克得。

Youd ghunx xiud qiud jid ked des.

抱弄把豆转提穷,

Baod nongb bab dous zhuanb tid qiongb,

毕求桃花鲜红色。

Bid qiub taod huab xianb hongb seb.

跳舞平台多人众,

Tiaod wud pingb tand duos renx zhongb,

伸缩跳跃多齐彻。

Shengd suod tiaod yued duos qis cheb.

想岔窝得安乙炯,

Xiangb chab aod des and yis jiongb,

召埋达务拢几者。

Zhaob manx dad wus longd jid zhes.

锐剖苟求辽花炯,

Ruit boud goud qiub liaod huab jiongb,

吉现达吾求打内。

Jid xianb dad wus qiub dad neix.

扛剖炯冬青窝共,

Gangb boud jiongb dongt qingb aod gongb,

几得达务列萨说。

Jid des dad wus lieb sead shuob.

加喂声够出几朋,

Jiad wed shongb goud chub jid pengx,

几尼够萨浪角色。

Jid nib goud sead nangd jiaox sed.

求埋大席管否红,

Qiub manx dad xud guanb woud hongb,

腊召葡西何修乖。

Nad zhaob pub xid hed xiud guat.

今天日子很红亮,等望这个日子久。

老少三班喜洋洋，三班老少笑悠悠。
众人大家挤一堂，每个角落人都有。
狮子龙灯闹热场，又跳又舞滚绣球。
打鼓的人好模样，美貌好比桃花美。
跳舞戏台多人上，伸缩跳跃多齐头。
想找安逸的地方，你们马上拖我走。
拖我来把秋千上，一下转圈上高头。
把我旋到坐秋梁，停住要我唱几首。
我的声音唱不响，这门谈唱我不知。
求你众人把我放，这次真的出了丑。

第六章 吃樱桃的歌

一、樱桃歌根源

1.

龙汉元年浪窝就,

Longd haid yuanb niand nangd aod jiub,

自尼那阿阿谷便。

Zid nib nad ad ad guox biat.

老君炼丹无其数,

Laod junb liand dans wud qis shub,

板照葫芦内久咱。

Biad zhaob hud lux neix jiud zas.

偷丹猴儿几没母,

Toud danb houb erd jid meix mus,

悟空几尼窝内假。

Wud kongs jid nib aod neix jiad.

等到夜间窝昂布,

Dengx daob yued jianb aod ghax bub,

仙丹便其久牙鸦。

Xianb dans biat qid jiud yad yas.

老君安约气不住,

Laod jingd and yox qid bus zhud,

炯照号阿想无法。

Jiongb zhaob haod ad xiangb wud fab.

龙汉元年的缘故，正月十五的时间。
老君炼丹无其数，摆在葫芦的里面。
偷丹猴儿有法术，悟空想法在心间。
等到夜间扎埋伏，把那仙丹偷了完。
老君知晓气不住，真是无法又无天。

2.

老君无法否想板，
Laod junb wud fab woud xiangt biab,
用汉排方纵嘎养。
Yongb haid paid fangs congb gad yangs.
吉亚葫芦苟拢贯，
Gud yad hub lub goud longd guaib,
白抓欧奶闹苟夯。
Baid zhab out liet laod goud hangs.
图瓦章善苟吉传，
Tub wab zhangs shait goud jib chuanb,
接到老君丹一双。
Jied daob laod junb danb yis shuangd.
在天日月叉克干，
Zaib tianb rid yues chab ked gans,
几冬内岔背瓦江。
Jid dongt neix chab beid was jiangs.
苟萨拢够卜吉板，
Goud sead longs goud pub jib biab,
扛内到度拢宣扬。
Gangx neix daob dub longd xuanb yangx.

老君办法都想遍，用计普摆用排方。
才把葫芦来打开，掉下两粒到凡阳。
樱桃树上枝叶满，接得老君丹一双。
在天日月才看见，世人的人心里想。
对着此情唱歌言，人间得话来传扬。

3.

老君练丹浪缘故，

Laod junb lianb danb nangd yanb gub，

八卦炉中炼仙丹。

Bab guab lub zhongb lianb xianb dans.

三回炉中留不住，

Sanb huib lub zhongb liux bub zhub，

白抓欧奶闹凡间。

Baid zhab out liet laob fans jianb.

几忙抓单樱桃树，

Jib mangb zhab dans yinb taod shub，

结那果子樱桃来。

Jied nat guod zis yinb taod laid.

七七炼烤才成熟，

Qib qib lianb kaod cais chengd shub，

得吃一个成了仙。

Dex chid yib guob chengd liaod xians.

老君仙丹相蒙汝，

Laod junb xianb dans xiangt mengx rub，

尼内尼总江几占。

Nix neix nix congb jiangs jib zhanb.

背瓜背李要内柳，

Beid guab beid lis yaod neix liub，

背然背绕内能反。

Beid rax beid raox neix nongb fans.

几占背瓦你邦处，

Jib zhanb beid wab nit bangb chud，

窝高麻让足吉年。

Aod gaox mab rangb zud jib nianb.

岔秋岔兰忙不住，

Chab qiut chab lans mangd bub zhub，

情歌一唱满青山。

Qingx guod yis changb manb qingb shanb.

青年男女来会吾，

Qingb nianb nanx nit laix huib wud,

几够到秋亚到兰。

Jib goud daob qut yad daob lanb.

红线仙丹来牵注，

Hongs xianb xiand dans laid qianb zhub,

相好永远到百年。

Xiangt haod yongb yuanb daob baid nianb.

苟萨拢够龙拢除，

Goud sead longs goud longd longb chub,

尼卜樱桃会上浪根原。

Nit pub yind taox huib shangd nangd genb yans.

众人听歌莫辞住，

Zhongb renx tingb guod mos cid zhub,

哪个有话哪个板。

Nab guob youd huab nad guob biab.

老君炼丹的缘故，八卦炉中炼仙丹。

三回炉中留不住，掉下两颗到凡间。

仙丹掸在樱桃树，结那果子樱桃来。

七七炼烤才成熟，得吃一个成了仙。

老君仙丹有好处，人人总想要摘来。

桃李果子少人顾，栗子核桃人不采。

上山去爬樱桃树，得了樱桃心意满。

去找对象忙不住，情歌一唱满青山。

青年男女来会晤，歌唱相亲又相爱。

红线仙丹来牵注，相好永远到百年。

依理原根歌言述，讲那樱桃会上的根源。

众人听歌莫辞住，哪个有话哪个摆。

二、樱桃会的传说

1.

列除背瓦浪原根，

Lieb chub beid wab nangd yand gend,

朝朝代代浪萨叭。

Chaob chaob daib daib nangd sead bab.

故事情节传到今，

Gub shib qingx jied chuand daob jind,

开天辟地没打便。

Kaid tianb pib dib meix dad biat.

内那几够定婚姻，

Neix nab jid gous dingb hunb yind,

内尼得拔那尼那。

Neix nib dex pab nad nib nat.

干那单昂求了亲，

Ganb lab danb ghax qiub led qins,

咱内松汝配几良。

Zas neix songb rub peib jid liangx.

美貌如花动了心，

Meib maob rub huad dongb led xind,

你排抱想莎无法。

Nib paid baod xiangb sead wud fab.

媒人几到窝得请，

Meix renx jid daob aod dex qings,

心中苦闷如针扎。

Xinb zhongb kud menb rub zhengd zhab.

要唱樱桃的原根，朝朝代代有歌发。

故事情节传到今，开天辟地有古话。

日月相恋定婚姻，太阳美貌月追她。

月亮到时求了亲，看见太阳美如花。

美貌如花动了心，昼思夜想也无法。

媒人没有地方请，心中苦闷如针扎。

2.

西虐图瓦章汝很，
Xid niub tub was zhangs rub hens,
章章少求单打便。
Zhangs zhangs shaod qiub danb dad biat.
比瓦先穷同绒穷，
Bib was xianb qiongb tongb rongx qiongb,
先汝窝冬四月八。
Xianb rub aod dongb sid yued bab.
月亮摘得樱桃吞，
Yued liangb zhanb dex yinb taod tuod,
江汝全全拿糖扎。
Jiangs rubb quanb quanb nab tangd zhab.
心情舒畅放歌声，
Xinb qingb shud changb fangb guod shengd,
够萨照寿汝背瓦。
Goud sead zhaob shout rub bid wab.

从前樱桃树高很，一直长到天宫下。
樱桃果子熟透新，熟透日期四月八。
月亮摘得樱桃吞，甜在心里如糖扎。
心情舒畅放歌声，歌声称赞樱桃花。

3.

够萨照寿汝背瓦，
Goud sead zhaob shoud rub beid wab,
内你阿告郎当浪。
Neix nib ad gaox nangd dangs nangd.
寿拢腊列能背瓦，
Shoud longd nad lieb nongx beid wab,
拢龙干那否吉抢。

Longd longb ganb nat woud jib qiangd.

阿奶柳休图阿洽，

Ad liet liud xius tub ad qiab，

皮能皮岔萨吉两。

Pib nongx pib chab sead jib liangb.

炯内炯乙够几达，

Jiongb neit jiongb yib goud jib dad，

炯乙炯内够吉胖。

Jongx yib jongx neit goud jib pangb.

越够越到加几怕，

Yued gous yued daob jiad jib pab，

越除越得到背江。

Yued chub yued dex daob beid jiangs.

几除单约阿谷便，

Jib chub danb yox ad guox biat，

月到十五捆了绑。

Yued daob shid wud kunb led bangb.

几内加乙图约洽，

Jib neit jiad yib tud yangx qiad，

加乙少寿同帮郎。

Jiad yib shaod shoub tongb bangd nangs.

干那照追寿几踏，

Ganb nat zhaob zhuib shoud jib tad，

吉记几内同内帮。

Jib jib jid neit tongb neix bangb.

剖内冬腊龙否沙，

Boud neix dongb nad longs woud sead，

求苟猛岔背瓦两。

Qiub goud mengx chab beid was liangb.

樱桃合会浪根芽，

Yinb taod hed huib nangd gens yab，

阿柔岔扛阿柔浪。

Ad roud chab gangb ad roud nangs.

唱起樱桃的缘故，太阳听见喜心肠。
跑来近了樱桃树，她和月亮两边抢。
一人一边来站住，边吃樱桃边歌唱。
七天七夜把歌述，七日七夜歌声响。
越唱越想心越悟，越唱越得心事想。
一直唱到月十五，月到十五成了帮。
二人心内热乎乎，不知不觉配成双。
月亮追她停不住，夫妻二人情义长。
人间效仿有缘故，上山摘那樱桃享。
樱桃合会根源述，朝朝代代来传扬。

4.

内那打绒见崩欧，

Neix lab dad rongx jianb bengd ous,

姻缘起召能背瓦。

Yinb yuanx qid zhaob nongx beid was.

告虐背瓦先汝偷，

Gaox niub beid was xianb rub toud,

当送窝冬四月八。

Dangb songb aod dongt sid yued bab.

谈情说爱日月羞，

Tanb qingx shuob aid ris yued xiud,

窝虐成亲阿谷便。

Aod niub chengd qinb ad guox biat.

生下满天的星斗，

Shend xiab manx tianb ded xings dous,

天罡地宿炯几达。

Tianb gangb dib shud jiongb jid dab.

几奶炯照几奶标，

Jib liet jiongb zhaob jid liet boud,

酷蒙酷喂同耸良。

Kud mengx kud wed tongb sogd nangx.

划定银河成天沟，

Huab dingb yinb heb chengd tianb goud,

修召号阿将声昂。

Xiud zhaob haod ad jiangs shongx ghax.

再斗冬腊窝柔头，

Zaib dous dongb nad ad rous toud,

七十二丈溜溜大。

Qib shid erd zhangb liud liud dab.

内那你阿兄阿柔，

Neix lab nit ad xiongd ad rous,

拥抱亲嘴久阿瓦。

Yongb baod qinb zuid jiud ad wab.

经过年长日已久，

Jingd guob nianb changs rid yis jiud,

豆就挂约万年八。

Dous jiud guab yox wanb nianb bad.

窝柔苟汉得免叟，

Aod roub goud haib dex mianb shoud,

首汉得乖得免麻。

Shoud hab dex guat dex mianb mab.

日月成了一家子，姻缘起在樱桃花。
樱桃到期才熟透，时期就是四月八。
谈情说爱日月羞，十五成亲做一家。
生下满天的星斗，天罡地宿多有发。
各人面上义情有，阴阳相会来交叉。
划定银河成天沟，鹊桥喜度成佳话。
织女牛郎来牵手，分离下下哭声大。
再有凡尘把情守，七十二丈厚土扒。
日月歇了一阵子，拥抱亲小有古话。
经过年长日已久，时间过了万年八。

5.

自古原来有两会，

Zid gus yanb laid youd liangb huib，

樱桃合会开起头。

Yinb taox hed huib kaid qis toux.

樱是哥哥桃是妹，

Yinb shix guod guod taod shid meib，

樱哥桃妹出阿苟。

Yinb guod taod meib chub ad gous.

蟠桃仙会你苟追，

Pand taox xianb huib nid goud zhuib，

王母娘帝来组织。

Wangx mud niangx dis laid zud zhis.

宴会供果仙女备，

Yanb huib gongb guod xianb nid beib，

山珍海味完全有。

Shanb zhengd haid weib wanx quanx youd.

天仙地道有席位，

Tianb xianb dib daob youd xid weib，

三十六位大仙头。

Sanb shid liux weib dad xianb toux.

尼斗阿偶猴儿最，

Nid dous ad ous houb erb zuis，

阿全几没算召否。

Ad quanb jid meix suanb zhaob woud.

得免达起发脾气，

Des mianb dad qis fad pix qib，

造乱蟠桃闹天斗。

Zaob luanx pand taox laod tianb dous.

自古原来有两会，樱桃合会开头有。
樱是哥哥桃是妹，樱哥桃妹一家子。
蟠桃仙会为后记，王母娘帝来组织。

宴会供果仙女备，山珍海味完全有。
天仙地道有席位，三十六位大仙头。
猴儿没有被请去，一点名分都没留。
猴子这才发脾气，造乱蟠桃闹天斗。

6.

前人岔共扛剖浪，

Qianx renx chab gongb gangb boud nangs,

度过千秋年日月。

Dub guob qianb qiud nianx rd yuex.

天上日月生天光，

Tianb shangb rd yued shengd tianb guangs,

加上星斗三光者。

Jiad shangb xingb dous sanb guangb zheb.

天地人为三才刚，

Tianb dib renx weid sanb caid gangb,

白达龙良苟豆特。

Baid dad longd nangs goud dous tes.

得锐得兔郎当章，

Des ruit des mianb nangd dangb zhangs,

得声得缪郎当没。

Des shongx des mioud nangd dangb meix.

苟追没内炯苟夯，

Goud zhuib meix neix jiongb goud hangs,

冬腊儿差窝柔内。

Dongb lab jid chab aod roud neix.

发拿大声达得莽，

Fab nas dad shongb dad des mangb,

几拉炯板全中国。

Jid nad jiongb banb qianb zhongb guob.

婚姻自由溜溜江，

Hund yinb zid youx liud liud jiangx,

叫倒内那把婚结。

Jiaod daob neix lab bab hub jied.

前人留古后人讲，度过千秋年日月。

天上日月生天光，加上星斗三光者。

天地人为三才刚，云雾天地下雨雪。

万类万物才生长，鱼虾各类多有些。

后才有人乾坤掌，人类世间传宗接。

世间发达又兴旺，理由传遍全中国。

婚姻自由自主张，依照日月把婚结。

三、樱桃会的恋情歌

1.

叫倒内那出标内，

Jiaod daob neix lab chub boud neix，

十里生汝牙桃花。

Shid lib shengd rub yad taox huas.

美貌天生好国色，

Meix maob tianb shengd haod guod sed，

亚瓜苟冬亚搂他。

Yad guab goud dongt yad lous tab.

阿谷乙就达起没，

Ad guox yid jiub dad qis meix，

将嘎号几否久昂。

Jiangs gad haob jid woud jius ghax.

否列叫内叫那善叉客，

Woud lieb jiaod neix jiaod lab shait chab ked，

猛岔背瓦猛岔萨。

Mengx chab beid wab mengd chab sead.

姻缘有份四八节，

Yinb yuanx youd fend sid bab jied，

猛柳背瓦会几咱。

Mengd liub beid wa huib jid zas.

依照上天的日月，十里生美女桃花。

美貌天生好国色，又勤劳动会当家。

一十八岁才有得，媒人讨亲她不嫁。

她要照着日月才可说，去找樱桃把歌耍。

姻缘有分四八节，去摘樱桃上山崖。

2.

单冬窝虐先背瓦，

Danb dongt aod niub xianb beid was，

樱哥否你上十里。

Yinb guod oud nib shangb shid lid.

人品松汝溜溜茶，

Renx pingb songb rub liud liud chab，

阿谷乙就汝得最。

Ad guox yid jiub rub des zuix.

得牙得羊汝几良，

Dex yab dex yangb rub jid nangs，

够汝阿起萨口水。

Goud rub ad qib sead koud shuid.

苟冬苟令溜溜抓，

Goud dongx goud liongx liud liud zhab，

扬名葡瓜几没泥。

Yangb mingx pud guab jid meix nid.

窝虐单冬四月八，

Aod niub danb dongt sid yued bab，

寿求苟尼猛抢背。

Shoud qiub goud nib mengd qiangd beid.

克干阿久拔桃花，

Ked ganb ad jius pad taod huas，

美貌如花大美女。

Meix maob rub huad dad meix nis.

樱哥将汉声萨茶，

Yinb guod jiangd haib shongx sead chab，

桃花洞召心中喜。

Taod huab dongb zhaob xinb zhongb xid.

熟透樱桃红又大，樱哥他坐上十里。
人品生好英俊华，年纪正好十八岁。
模样生好正风发，唱得最好歌口水。
勤劳勇敢本领大，传扬四下好名气。
日子到了四月八，跑上山去樱桃吃。
山上相遇见桃花，美貌如花大美女。
樱哥唱歌来逗她，桃花听见心中喜。

3.

桃花得牙心中美，
Taod huab des yab xinb zhongb meid，
豆浓樱哥萨大片。
Dous niongb yinb guod sead dad pianb.
越够越除心越喜，
Yued goud yued chub xinb yued xis，
越除越兄窝起善。
Yued chub yued xiongb aod qit shait.
炯内炯乙够几批，
Jiongb neit jiongb yib goud jib pid，
唱到十五月团圆。
Changb daob shid wub yued tuanb yanx.
天上牛郎听歌语，
Tianb shangb niub nangd tingb guod yud，
江动萨莽闹凡间。
Jiangb dongb sead mangb laod fangb jians.
愿为冬腊献其礼，
Yuanb weid dongb lab xianb qid lis，
出茶苟首内冬板。
Chub chab goud shoud neix dongt banx.
樱哥桃花结夫妻，
Yinb guod taod huab jied fub qis，

炯油出茶首否判。

Jiongb youd chub chab shoud woud pant.

四月八日的根基，

Sid yuex bab rd des gend qis,

打油虐首浪根源。

Dad yous niub shoud nangd gend yanx.

前人岔共说的理，

Qianb renx chab gongb shuod des lid,

双喜二字由此来。

Shuangd xid erd zid youd cid laix.

桃花听见心中美，接起樱哥的声来。

越唱越合心越喜，越韵越热心窝间。

七天七夜唱不离，唱到十五月团圆。

天上牛郎听歌语，爱听情歌下凡间。

愿为人间献其礼，帮助人间结姻缘。

樱哥桃花结夫妻，牵牛耕地心喜欢。

四月八日的根基，耕牛生日的根源。

前人古话说的理，双喜二字由此来。

4.

双喜二字由此来，

Shuangd xid erd zid youd cid laix,

到欧亚到大尼书。

Daob oud yad daob dad nid shub.

桃花你标坐正台，

Taod huab nid boud zuod zhengd tanx,

樱哥闹处熟打油。

Yinb guod laob chub shud dad yous.

头书头将萨莽玩，

Toud shub toud jiangs sead mangd wanx,

将汉声无吉话儒。

Jiangs haib shongb wud jid huab nud.

阿偶业拢足茶善，

Ad ous yed longd zud chab shait,

就度包内龙弄捕。

Jut dub baid neix longd nongb pub.

单虐阿冬昂归天，

Danb niub ad dongt ghax guid tians,

读拢出无苟送否。

Dub longd chub wud goud songb woud.

打油虐首浪根源，

Dad yous niub shoud nangd gend yuans,

得雄流传千万古。

Dex xioongd liub chuand qianb wand gus.

窝高麻让列几见，

Aod gaod max rangb lieb jid jianx,

阿柔留度产柔捕。

Ad roud liub dub chuand roud pub.

双喜二字由此来，得了爱人得牛耕。
桃花在家坐正台，樱哥下地去耕春。
边耕边唱那歌言，歌声传遍大森林。
这头神牛心喜欢，把话传报耕牛人。
以后到了时归天，跳鼓唱歌来送行。
耕牛生日的根源，苗家流传到如今。
年轻的人记心间，一代留传不忘根。

四、樱桃情歌

1.

就就猛岔背瓦柳，

Jiud jiud mengd chab beid wad liux,

纪念樱哥桃花埋。

Jid nianx yinb guod taod huab manx.

齐埋欧奶见久补，

Qib manx oud liet jianb jiud bub,

一对年青歌郎才。

Yid duib nianx qingd guod nangb cais.

欧奶浪葡阿奶捕，

Out lieb nangd pub ad lieb pub,

樱花两字紧相连。

Yinb huab liangb zid jingb xiangd lianx.

万代留名传千古，

Wanb daib liux mingx chuand qiand gus,

产柔吧就卜几见。

Chanb roud bab jiud pub jid jianx.

年年都去摘樱桃，纪念樱哥桃花缘。

他们两个成相好，一对年轻歌郎才。

二名合成一人了，樱花两字紧相连。

万代留名都知晓，名字留下万千年。

2.

众人听我歌言叙，

Zhongb renx tingx wod guod yand xub,

达尼久见嘎单干。

Dad niex jiud jianx gad danb gans.

四八今天来聚会，

Sid bab jinb tianb laid jiud huib,

麻让拢齐久尖尖。

Max rangb longd qis jiud jiand jiand.

先讲故老前一辈，

Xianb jiangd gud laod qianx yid beib,

有心讲述把歌传。

Youd xinb jiangd shub bab guod chuanx.

话说天宫人一对，

Huab shuob tianb gongd renx yid duib,

的确根系也不浅。

Dex qieb gend xid yed bux qians.

众人听我歌言叙，若是不成莫要管。
四八今天来聚会，都是一帮的青年。
先讲故老前一辈，有心讲述把歌传。
话说天宫人一对，的确根系也不浅。

3.

众人听我把歌唱，

Zhongb renx tingb wod bab guod changb，

列除虐满浪原由。

Lieb chub niub mand nangd yanx youx.

天朝叉苟姻缘扛，

Tianx chaob chab goud yinb yuanb gangd，

内那打绒出崩欧。

Neix lab dad rongx chub bengd ous.

笔得首嘎出阿忙，

Bid des shoud gad chub ad mangb，

星辰明汝合北斗。

Xiangd chengb mingd rub hed beid dous.

阴河送几苟缪让，

Yinb hed songb jid goud miud rangx，

亚到打声亚到缪。

Yad daob dad shongt yad daob mioud.

夫妻相约在山上，

Fub qid xiangd yued zaid shanbd shangb，

崇山吉弄猛几走。

Zhongb shanb jid nongb mengd jid zous.

众人听我把歌唱，要讲古代的缘由。
天朝才把姻缘放，日月天上一家子。
养儿育女成一帮，星辰光亮合北斗。
银河一条在天罡，无数星辰天上有。
夫妻相约在山上，崇山顶上好两口。

4.

几奶吉岔能背瓦，

Jid lieb jid chab nongb beid wab,

原由列岔扛埋安。

Yanb youx lieb chab gangb manx and.

干那克咱内打便，

Gand lab ked zas neix dad biat,

美貌动心无处解。

Meix maob dongb xinb wud chub jied.

达吾单冬四月八，

Dad wus danb dongt sid yued bax,

背瓦嘎处莎腊先。

Beid wa gad chub sead nad xians.

想内难到苟几嘎，

Xiangb neix nand daob goud jid gad,

炯照图瓦几刚研。

Jiongb zhaob tub was jid gangb yand.

品尝果味苟几茶，

Pingx changb guod weib goud jid chat,

能召相蒙江尖尖。

Nongx zhaob xiangb mengd jiangd jiand jiand.

声萨达吾够几挂，

Shongt sead dad wus goud jid guab,

洞召内通腊达全。

Dongb zhaob neid tongb nad dad quanx.

哪个提倡摘樱花，缘由我今要说它。
月亮看见日光华，美貌动心无处发。
日期到了四月八，樱桃熟透多人耍。
想念太阳无了法，坐在樱桃果树下。
品尝果味心开花，吃了真的味不差。
歌声摇动日可达，太阳出面来陪他。

5.

洞约汝虐炯几总，

Dongb yox rub niub jiongb jid congb,

心想数去又数来。

Xinb xiangb shud qid youd shud laix.

图瓦章单苟内弄，

Tub wa zhangs danb goud neix nongs,

迷得腊尼拿阿善。

Mid des nad nis nad ad shait.

背瓦先白拿记穷，

Beid wab xianb baid nad jid qiongb,

肯定冬豆汝公先。

Kend dingb dongb dous rub gongb xians.

叉炯刺光来护送，

Chab jiongb cid guangb laid hub songb,

莫送明月苟否安。

Mod songb mingx yued goud woud ans.

背瓦能单否嘎弄，

Beid was nongx dans woud gad nongx,

解娘吉久棍草善。

Jied niangx jid jiud ghunx caod shait.

那够汝浪卜汝洞，

Nad goud rub nangd pub rub dongx,

郎当吉柔郎当单。

Nangd dangb jid roux nangd dangb dans.

听了吉日坐不住，心想数去又数来。
心里总想樱桃树，每根树高冲半天。
每当到期樱桃熟，味道肯定比糖甜。
才带刺光来卫护，莫送明月知他来。
樱桃到口香甜足，解去心中忧愁开。
就把缘法口中述，边说边唱到旁边。

6.

内江苟萨接达吾，

Neix jiangs goud sead jied dad wus,

吉上少接那浪口。

Jid shangb shaod jied nad nangd kous.

否判够久炯内虐，

Woud panx goud jiud jiongb neix niub,

炯虐炯内叉周斗。

Jiongb niub jiongb neix chab zhoud dous.

日月三光不停住，

Rd yuex sanb gangb bub tingd zhub,

吉忙几内明周柳。

Jid mangb jid neit miongx zhoud lius.

凡间劳民才心怒，

Fanb jianb laod mingx caid xinb nub,

几穷汉拢尼窝求。

Jid qiongb haid longb nid aod qiub.

到了十五叉小度，

Daob led shid wud chab xiaod dub,

恩爱留传万千秋。

End aib liux chuand wand qianb qiud.

太阳爱歌便接住，马上我接你的口。
他们唱了七日数，七天七夜乐悠悠。
日月三光不停住，白天黑夜光辉看。
凡间的人才心怒，不知为个什么子。
一直到了一十五，恩爱流传万千秋。

7.

情人一对难分别，

Qingx renx yid duib nanx fend bieb,

纵够纵秀从乙浓。

Congb goud congb xiub congb yid niongx.

几怕召将苟几喂，

Jid pab zhaob jiangs goud jib wed，

双眼流泪如泉涌。

Shuangd yanb liud lieb rub quanb yongd.

媒人列岔最几奶，

Meix renx lieb chab zuid jid liet，

几奶空候苟桥弓。

Jid liex kongb houd goud qiaod gongs.

常求朝中充太白，

Changs qiub chaod zhongb chongb taid baid，

太白心内他不肯。

Taib baid xinb neix tad bub kend.

欧图吉江白吾格，

Out tub jid jiangs baid wud gied，

埋怨太白刁婚姻。

Manx yand taid baid diaod yinb yuanx.

情人一对难分别，歌唱相恋情义重。

分开两下都可惜，双眼流泪如泉涌。

媒人要找哪个说，哪个肯来把桥弓。

回去朝中请太白，太白心内怕不肯。

两个流泪可怜也，埋怨太白刁婚姻。

8.

几关天朝空几空，

Jid guanb tianb chaod kongb jid kongb，

生死一路扛见兰。

Shengd sid yib lud gangb jiand lans.

打发内拢几内明，

Dad fab neix ongd jid neix miongx，

百姓白天好耕田。

Baid xinb baid tianb haod gend tianx.

内洽拢咱堂人众，

Neix qiab longd zas tangd renx zhongb,

无数刺光在身边。

Wux shub cid guangb zaib shengd bians.

月在天宫松方风,

Yued zaib tianb gongd songb fangb fengd,

照将得休扛否管。

Zhaob jiangb dex xiut gangb woud guans.

满天星斗得吉龙,

Manx tianb xingd dous des jid longd,

随父游玩在夜间。

Suib fub youd wans zaid yued jians.

阴河一点每没用,

Yinb hed yid diand meix meid yongb,

无情切断两往来。

Wud qingx qiex duanb liangd wangb laix.

地球旋转寿文文,

Dis qiux xuanx zhuanb shoud wend wend,

一年四季轮流转。

Yid nianx sid jib lunx liud zhuans.

没内白常恩情重,

Meix neix baid changs end qings zhongb,

内那吉交在崇山。

Neix nad jid jiaod zaid zhongb shand.

阿板萨弄,

Ad bans sead nongb,

剖浪虐满内岔共,

Boud nangd niub manx neid chab gongb,

洞内岔挂莎拢然。

Dongb neix chab guab sead longd rax.

不管天堂肯不肯,生死一路配姻缘。
打发太阳白天明,百姓白天好耕田。
她怕相见众凡人,无数刺光在身边。

月在天宫慌了心，北斗星辰要他管。
满天星斗来随行，随父游玩在夜间。
阴河她也来发劲，无情切断两往来。
地球旋转永不停，一年四季轮流转。
有日转到大恩情，日月相会在崇山。
这些歌儿从前传话的古人，他们古话如此传。

五、吃樱桃的情趣

1.

汝虐单冬四月八，

Rub niub danb dongt sib yuex bax，

最久麻让求绒苟。

Zuid jiud max rangb qiub rongx goud.

帮儒帮图先背瓦，

Bangb rub bangb tub xiand beid wat，

不信充埋猛吉斗。

Bub xinb chongb manx mengd jid dous.

先穷好比达绒哇，

Xianb qiongb haod bib dad rongx was，

几奶柳加几奶苟。

Jid lieb liub jiad jib lieb goud.

男女成对会几达，

Nanb nid chengd duib huib jid dad，

少将声无吉话苟。

Shaod jiangb shongt wud jid huad goud.

相亲相爱汝几良，

Xiangd qinb xiangd aid rub jid liangb，

度汝扛蒙扛喂苟。

Dub rub gangx mengx gangb wed gous.

安喂比度良几良，

Anb wed bid dub nangd jib nangd，

岔度包埋闹苟娄。

Chab dub baod manx laod goud ned.

日期到了四月八，年轻的人都上山。
山坡熟了樱桃花，不信你们可去看。
红的熟透把光发，先去摘得是神仙。
男女成对来参加，唱着歌儿传遍山。
相亲相爱情可达，好话当面都说开。
不知可是实情话，照直讲话不能偏。

2.

图瓦单斗得包照，

Tub wab danb dous des baod zhaob,

包照绒善单图岗。

Baod zhaob rongx shait danb tub gangd.

迷竹背瓦莎先叫，

Mid zhub beid wab sead xianb jiaod,

吉强同松炮头莽。

Jid qiangb tongb songt paod toud mangb.

几奶空柳几奶到，

Jid lieb kongd liub jid lieb daob,

柳到自见巴度浪。

Liux daob zid jianx babd dus nangd.

阿半柳浪阿半照，

Ad banx liud nangd ad bans zhaob,

阿半柳到阿半抢。

Ad banx liux daob ad banx qiangd.

阿半再苟口不照，

Ad banx zaid goud koud bub zhaob,

阿板迟照抱兰常。

Ad banb chid zhaob baod lanb changb.

内西常猛家中报，

Neix xit changs mengd jiad zhongb baob,

吉将扛那扛苟两。

Jiad jiangb gangb nad gangb goud liangs.

又有说来又有笑，

Youd yous shuod laix youd yous xiaob,
声除声够吉话夯。
Shongx chub shongx goud jid huad hangs.
樱桃会中多热闹，
Yinb taox huid zhongb duos rex laob,
得兄到踏几叟养。
Deit xiongb daob tad jid shoud yangs.

樱桃熟透小山包，山包树上都熟透。
每棵树上熟透了，枝丫遍布满果子。
哪个去摘都得到，摘得就是归我有。
一些摘来一些跳，一些摘得一些偷。
一些口袋装满了，一些拿在胸前收。
下午回转家中报，分送众人吃在口。
又有说来又有笑，歌声传遍各山头。
樱桃会中多热闹，苗家快活乐悠悠。

3.

背瓦见斗你便图，
Beid was jianb dous nib biat tub,
江汝尖尖拿糖扎。
Jiangs rub jiand jiand nad tangx zhas.
阿板苟浪阿板柳，
Ad banb goud nangd ad banb liud,
得拔得浓柳几达。
Det pab det niongb liud jid dab.
头柳背瓦头卜度，
Toud liub beid wab toud pub dub,
喜笑颜开周哈哈。
Xid xiaob yand kaid zhoud had had.
声萨几吼求召度，
Shongb sead jib houd qiub zhaod dub,
声无吉话求打便。

Shongt wut jid huab qiub dad biat.

天上仙女坐不住，

Tianb shangb xianb nid zuob bud zhub，

拢照齐比莎高假。

Longd zhaob qid bid sead gaod jias.

飞云走马拢达吾，

Feid yunx zoud mas longd dad wus，

拢洞冬豆够汝萨。

Longd dongb dongt dous goud rub sead.

凡间浪内几叟汝，

Fanx jiand nangd neix jid shoud rub，

冬腊浪内几叟昂。

Dongt lax nangd neix jid shoud ghax.

樱桃结子在高树，甜味胜过那糖扎。

摘得樱桃有无数，男女青年乐开花。

边摘樱桃把情述，喜笑颜开笑哈哈。

歌声欢笑冲云霄，歌唱声音震天涯。

天上仙女坐不住，忘了梳头着了傻。

飞云走马来此处，来听歌唱开心达。

凡间的人多幸福，胜过天堂不是假。

4.

几叟拢赶樱桃会，

Jid shoud longd gand yinx taox huib，

最内最总岔背瓦。

Zuid neix uid congb chab beid was.

四海人潮来比例，

Sid haid renx chad laid bid lies，

从总好比窝入茶。

Congb zongd haod bib aod rud chab.

男男女女成双对，

Nanx nanx nid nid chengd shuangd duib，

巴鸟几弟窝声萨。

Bab niaox jid dib aod shongt sead.

几叟吉年周哈咳,

Jid shout jid niand zhoud hed kes,

渣善渣缪同内巴。

Zhab shait zhas mioud tongb neix bab.

樱桃会本大意义,

Yinx taox huid bend dad yis yid,

西昂吉岔出弄阿。

Xid ghax jid chab chub nongb ad.

阿柔猛久阿柔气,

Ad roub mengd jiud ad roud qib,

剖乜出挂单得嘎。

Boud niax chub guad dand des gas.

欢喜来赶樱桃会,是人大众好精神。
四海人潮来比例,人多好比天上云。
男男女女成双对,嘴巴不断放歌声。
人人欢天又喜地,心里满意喜盈盈。
樱桃会本大意义,依照过去的古人。
一朝过了一朝替,前人开路后人跟。

5.

得拔得浓能背瓦,

Dex pab dex niongb nongx beid wat,

阿半吉跳阿半柳。

Ad band jid tiaod ad band lius.

阿板求图苟巴抓,

Ad banb qiub tub goud bad zhab,

阿板苟汉窝能都。

Ad banb goud haid aod nongb dous.

头能头柳周哈哈,

Toud nongb toud liud zhoud had had,

能言迟照扣不书。

Nongx yand chid zhaob koud bub shud.

到背麻汝苟写查，

Daob beid max rub goud xied chab,

卜度巴鸟周求求。

Pub dub bab niaox zhoud qius qius.

得牙够萨扛得那，

Dex yab goud sead gangb dex nat,

得那够扛巴秋补。

Dex nat goud gangb bad qiut bub.

声萨必求声松拿，

Shongt sead bix qiub shongt songt nad,

楼吼吉话帮绒儒。

Loud houd jid huab bangd rongx rud.

男女吃樱桃的话，一半钩来一半摘。

一半上树去摘下，一半用那柴刀切。

边摘边吃笑哈哈，吃剩收起有好些。

得吃下肚乐开花，讲话一脸笑眯眯。

哥哥唱了妹妹答，表哥唱过表妹接。

歌声好似吹唢呐，欢乐喜笑遍山野。

6.

背瓦见拢几羊图，

Beid wad jianb longd jid yangb tub,

吉强少良松炮头。

Jid qiangb shaod nangb songb baod toud.

得那几叫得拔柳，

Dex nat jid jiaod des pad liub,

柳到迟你弄剖欧。

Liub daob chid nit nongb boud ous.

几炯炯你浪抱处，

Jid jiongb jiongb nit nangd baod chub,

忍背麻汝苟萨够。

Renx beid max rub goud sead goud.

乙够乙兵浓总汝，

Yid goud yib bingb niongb congb rub,

乙除乙到得几叟。

Yid chub yid daob dex jid shoud.

够够欧久苟善固，

Goud goud oud jius goud shait gud,

从汝扛蒙扛喂苟。

Congb rub gangx mengd gangx wed gous.

婚姻自由这条路，

Hunb yind zid youx zheb tiaod lub,

尼总江起闹苟娄。

Nid zongb jiangd qit laod goud nes.

樱桃结果满了树，结满樱树的枝头。

小哥小妹来摘住，摘得收在小背篓。

男女坐在阴凉处，男女互讨甜果子。

越唱越浓止不住，越述越浓情义有。

唱唱二人把心固，情义浓浓难分手。

婚姻自由这条路，是人也爱路途走。

第七章　搞笑歌

一、年肉被狗吃的歌

1.

炖年肉不小心被狗吃了只能过斋年伤心而作的歌

几夫造到萨阿柳，

Jid fut zaod daob sead ad lius,

够扛内浪召起善。

Goud gangx neix nangd zhaob qit shait.

列够那冬求那柔，

Lieb goud nas dongt qiub nad rous,

昂爬喂且欧刚半。

Ghax pab wed qied oud gangb bans.

浓到赶格转家走，

Niongb daod ganb gied zhuand jiad zous,

抗照便格乖干干。

Kangb zhaob biat gied guat gand gand.

内卡拢酷久号否，

Neit kad longd kus jiud haod woud,

苟挂旧弄阿奶见。

Goud guab jiub nongb ad lieb jianb.

年到腊月二十九，

Nianb daob nad yued erd shid jius,

梅闹苟茶果玩玩。

Meix laod goud chab guod wand wand.

茶见炖照吹炉子，

Chab jianb dunb zhaob cuid lux zis,

炖否内汝叉久反。

Dunx woud neix rub chab jiud fans.

喂闹骂虫否浪标，

Wed laob mad chongb woud nangd boud,

岔块得后苟儿产。

Chab kuaid dex houd goud jid chans.

几穷几奶标浪狗，

Jid qiongb jid lieb boud nangd goud,

把我的一钵头菜都搞完。

Bab wod ded yid yid toud caid dous gaod wanx.

尼甲阿豆狂溜溜，

Nid jiad ad dous kuangb liud liud,

阿棍抱否扛翻天。

Ad ghuns baod woud gangb fanb tianb.

埋首几娘埋嘎首，

Manx shoud jid niangb manx gad shoud,

几尼打油出茶苟首埋。

Jid nib dad youb chub chab goud shoud manx.

挂见尼总苟昂口，

Guab jianb nid congb goud ghax koud,

害喂告求过斋年。

Haid wed gaod qiub guod zhanb nianx.

心造作成歌一首，

Xinb zhaod zuod chengd goud yid shoud,

伤心歌唱苟几见。

Shengd xinb guod changb goud jis jianx.

心闷作成歌一首，唱送人听心才开。

冬月末尾腊月头，猪肉我称两斤半。

买得立即转家走，炕在火炉的上边。
客来招待不打斗，要用这肉过新年。
年到腊月二十九，取下洗净擦干干。
洗成炖在炊炉子，把肉炖得软又软。
我去叔伯家里走，找块豆腐把肉掺。
不知哪个家的狗，把我的一钵头肉都搞完。
若见一棒狂溜溜，一棍打它送翻天。
你喂不起你的狗，不是养牛可耕田。
过年别人有肉吃在口，害我一个过斋年。
心造作成歌一首，伤心歌唱记心怀。

2.

劝炖肉的人不小心被狗把肉吃完而不要伤心的歌

动照蒙浪苦情由，
Dongb zhaob mengd nangd kud qingx youx，
诉汉苦从一叭拉。
Sud haid kud congb yid bad las.
尼内洞召候几吼，
Nid neix dongb zhaob houd jid hous，
酷蒙喂扛阿然萨。
Kut mengx wed gangb ad rax sead.
挂见几到昂苟秋，
Guab jianx jid daob ghax goud qiud，
几到昂能亚到茶。
Jid daob ghax nongx yad daod chax.
茶见扳照炊炉子，
Chax jianx band zhaob chuid lud zis，
旧蒙卡昂豆几拉。
Jiud mengd kad ghax dous jid las.
猛岔得后拢几次，
Mengd chab dex houd longd jid cis，
你达板竹莎久牙。

Nid dad banb zhub sead jiud yad.

几没想洞狗西狗最修出丑，

Jid meix xiangd dongb guod xid goud zuid xiud chub choud，

到处理伞会几瓜。

Daob chub lid said huib jid guab.

咱昂久喂尼狗豆，

Zad ghax jiud wed nid goud dous，

咱列久能尼狗嘎。

Zad lieb jiud nongb nid goud gad.

咱个昂炖内楼楼，

Zas guob ghax dunb neid liud liud，

计叫达为吉汤免。

Jid jiaod dad weix jid tangb mians.

能抽弟猛寿标标，

Nongx choub dis mengd shoud boud boud，

干干猛岔窝得然。

Gand gand mengd chab aod des rax.

扛蒙长单拿几怄，

Gangb mengd changd danb nad jis oud，

怄达相松叉出萨。

Oud dad xiangb songt chab chub sead.

挂见扛最蒙能够，

Guad jians gangb zuid mengd nongb goud，

几斩棍香拼列卡。

Jid zhanb ghunb xiangd piongd lieb kad.

沙蒙得浓想几够，

Shab mengx dex niongb xiangb jis goud，

昂挂几偶见约嘎。

Ghax guab jid ous jianb yod gad.

打便嘎怪扛打豆，

Dad biat gad guaid gangb dad dous，

怪扛打奶巴度假。

Guaid gangb dad lieb bab dus jiad.

错一次浪关一十，
Cuob yid cid nangd guanb yid shid，
苟追炖昂列吉打。
Goud zhuib dunb ghax lieb jid dad.

听了你的苦情由，诉了苦情一大溜。
是人听了想不透，可怜我送歌一首。
过年没得肉星子，没得肉吃得洗垢。
洗成炖在炊炉子，满屋都是肉香头。
去找豆腐添里头，懒惰没有关门口。
没有想到村寨饿狗和瘦狗，四处理味到处走。
见肉不吃哪是狗，见饭不吃是傻狗。
见了肉炖软油油，拱翻盖子吃在口。
吃饱之后跑出走，暗暗躲去屋后头。
送你回转发气死，气死伤心作歌留。
过年只得吃菌子，敬奉祖宗啥没有。
劝你也要心莫忧，肉过喉咙成了屎。
莫怪天高和地厚，只怪个人是傻子。
错一次来管一世，以后炖肉要坐守。

二、道师打脱尿的歌

1.

嘈道师的歌
Caox daob shid dex guod

吃饭外头这么久，
Chib fanb waid toud zheb mod jius，
不懂坛内的规矩。
Bux dongb tand neix des guid jius.
屙尿屙在大门口，
Ed niaob ed zaid dad menx koud，
格惹格照阿交乙。

Geid roud geid zhaob ad jiaod yib.

多走一脚你懒走，

Duos zoud yib jiaod nid lanb zoud,

养会大冬洽吃亏。

Yangb huib dad dongb qiab chib kuid.

菩萨江江充单标，

Pub sead jiangs jiangs chongb danb boud,

达务格惹苟得罪。

Dad wus gied roud goud dex zuib.

喂洽菩萨发气苟蒙娄，

Wed qiab pub sead fax qib goud mengs ned,

锐最喂洽弟公起。

Ruit zuid wed qiad dis gongb qis.

扛内召追几占蒙浪欧，

Gangx neix zhaob zhuib jid zhanb mengd nangd ous,

必求打油几占锐。

Bix qiub dad yous jid zhanb ruit.

吃饭外头这么久，不懂坛内的规矩。
屙尿屙在大门口，撒尿撒在门口里。
多走一脚你懒走，多走几步怕吃亏。
菩萨刚刚请到此，马上屙尿来得罪。
我怕菩萨发气把你收，把你打死把命归。
让人在后霸占你妻子，好似牛争青草吃。

2.

道师本人还的歌
Daob shid bend renx haid des guos

排弟浪列喂能久，

Paid dib nangd lieb wed nongb jiud,

坛内规矩喂克咱。

Tanx neid guid jius wed ke zas.

想照汉弄头几夫，

Xiangb zhaob haid nongb toud jid fud，

偷苟埋丢喂浪加。

Toud goud manx dius wed nangd jiad.

阿气想起包师夫，

Ad qib xiangb qid baod shid fus，

包洞喂列猛格惹。

Baod dongt wed lieb mengd gied rous.

否洞坚持阿气得得初，

Woud dongt jianb chid ad qib ded ded chub，

上上法师自苟茶。

Shangb shangd fab shid zid goud chab.

格惹格挂追板竹，

Gied roud gied guab zuid banx zhux，

格照茅首阿交阿。

Gied zhaob maod shoud ad jiaod as.

埋骂龙喂出阿如，

Manx mab longd wed chub ad rub，

否尼格嘎喂格惹。

Woud nib gied gad wed giad roud.

抖苟卜喂浪鲁素，

Dous goud pub wed nangd lud sud，

蒙让提提蒙久卡。

Mengd rangb tid tid mengd jiud kas.

菩萨候浓喂几夫，

Pub sead houb niongb wed jid fus，

锐最抱见棍达加。

Ruit zuid baod jianb ghunb dad jias.

召追内抢蒙浪足，

Zhaob zhuib neix qiangb mengd nangd zus，

毕求打容吉抢惹。

Bid qiub dad rongb jid qiangd rous.

外头的饭我吃久，坛内规矩我也见。

想到这些我心忧，故意你丢我丑面。

那时想起报我师，报他我去屙尿来。

他说你再坚持一阵子，马上法事就搞完。

屙尿屙过大门口，屙在茅厕的里面。

你爸和我一同走，他是大便我小便。

故意你丢我的丑，你还是个小青年。

菩萨把我来保佑，把你打死受大难。

在后争抢你妻子，好似羊子抢粪便。

三、染匠与染布者互嘲的歌

1.

取布的歌
Qud bub des guod

告虐演提尼那照，

Gaod niub yand tib nid nad zhaob，

求送七月相单斗。

Qiub songb qib yued xiangb danb dous.

初一拢梅几没到，

Chub yid longd meix jid meix daob，

限个初六保喂周。

Xianb guob chub liux baod wed zhoub.

这么叫来那么叫，

Zheb mob jiaod laid nad mob jiaod，

定到十一靠到有。

Dingb daob shid yib kaod daob yous.

阿内阿喂腊修闹召标哈哈笑，

Ad neix ad wed nad xiud laob zhaob boud had had xiaob，

会挂追竹几刚周。

Huib guab zhuib zhud jid gangb zhoub.

拢单几强久咱要，

Longd danb jid qingb jiud zad yaob，

到处岔齐腊久走。

Daob chub chab qit nad jiud zous.

当当阿内通忙叫，

Dangb dangb ad neix tongb mangb jiaob，

等到太阳往西走。

Dengb daob taid yangb wangb xid zoud.

叉见苟蒙朗让闹，

Chab jianb goud mengd nangb rangb laob，

尼浓梅提拢嘎标。

Nid niongb meix tib longd gad boud.

拢单追吹狗吉乔，

Longd danb zhuib chuid goud jid qiaod，

狗乖吉弄旧几吼。

Goud guat jid nongb jiud jid houb.

几安埋洞抓莎潮，

Jid and manx dongx zhand shas chaod，

白费空来害我走。

Baid feib kongd laid haid wod zous.

走埋浪师徒弟子最年少，

Zoud manx nangd shid tub dis zid zuid nianx shaod，

胜过曹植再嘎溜。

Shengd guob caod zhid zaib gad liux.

窝求郎头蒙读到，

Aod qiub nangd toud mengd dus daob，

讲过四书云过诗。

Jiangb guob sid shud yunb guod shid.

国立八中蒙读叫，

Guox lid bab zhongb mengd dus jiaob，

你到留洋才分手。

Nid daob liux yangb caid fend shoud.

加喂浪吉口怕通弄背叫，

Jiad wed nangd jid kous pad tongb nongb beid jiaob，

走内加乙拿几秋。

Zoud neix jiad yib nad jib qiut.

弟约相蒙爬几到，

Dis yox xiangb mengd pad jid daob，

容通当拿窝崩斗。

Rongx tongb dangb nad aod bengd dous.

喂浪阿同得得提弄

Wed nangb ad tongb ded ded tid nongb

当蒙候演洽窝教，

Dangb mengx houd yanbd qiad aod jiaob，

汝闹外头猛讨口。

Rub laod waid toud mengd taod kous.

那便当单昂那照，

Nad biat dangb danb ghax nad zhaob，

等到七月过了秋。

Dengb daob qis yued guob led qius.

喂号同录几斗窝得报，

Wed haob tongb lud jid dous aod des baod，

日晒雨淋几勾勾。

Rd shaid yud lingx jid goud goud.

靠天靠地靠不到，

Kaod tianb kaod dis kaod bux daob，

靠浓齐夫喂阿斗。

Kaod niongb qid fub wed ad dous.

斗蒙苟出窝得靠，

Dous mengd goud chub aod des kaob，

千年万代情长久。

Qianb nianx wanbd daib qingx changs jiud.

窝莎浪萨同流袍，

Aod sead nangd sead tongb liud paob，

上下号几喂你油。

Shangb xiab haod jib wed nis youd.

萨休干常埋阿告，

Sead xiud ganb changs manx ad gaox，
扛浓那林苟喂周。
Gangb niongb nad liongb goud wed zhoub.

染布之时六月早，到了七月没到手。
初一来取没得到，限个初六报我知。
这么叫来那么叫，定到十一靠将有。
那一天我也动脚出门哈哈笑，走过门边笑悠悠。
来到场中没见到，到处找都没碰头。
等了一天不见效，等到太阳往西走。
这样才来你村到，取布来你家里头。
到了外头恶狗叫，黑狗凶恶叫天吼。
你们认为把米讨，白费空来害我走。
碰着你们师徒弟子最年少，胜过三国书曹植。
所有的书你读到，讲过四书云过诗。
国立八中你来教，你得留洋才分手。
差我的裤子破烂又脏了，走路见人我怕丑。
烂了要补补不好，破口好大似升斗。
我的这段小小布啊等你染过裤补好，好到外头去讨口。
五月六月都等到，等到七月过了秋。
我也好似山中的小鸟，日晒雨淋把苦受。
靠天靠地靠不到，靠你提护我一手。
只有想来把你靠，千年万代情长久。
沙科的歌如水潮，上下哪里我不游。
歌儿递来把你报，让你老表讲笑口。

2.

还取布的歌
haid qud bub des guod

萨休干送闹剖让，
Sead xiud ganb songb laod boud rangb，
歌唱出口配腊配。

Guod changb chub koud peib nad peib.

句句歌词带书章，

Jiud jiud guod cid daib shid zhangs，

辞藻练汝本可以。

cid zaod lianb rub bend kes yis.

绣口锦心字字香，

Xiud koud jinb xinb zid zid xiangs，

起凤腾蛟玉龙飞。

Qid fengb tengd jiaod yud longd feid.

几奶出到同蒙浪，

Jid liet chub daob tongb mengd nangd，

嘎弄读兵本没味。

Gad nongb dus bingb bend meix weib.

读过诗书开过讲，

Dus guob shid shub kaid guob jiangd，

圣经史传蒙克齐。

Shengd jingb shid chuanb mengd ked qit.

画蛇添足出嘎养，

Huab shed tianb zud chub gad yangs，

著作格外多稀奇。

Zhud zuob gied waid duos xid qis.

善文龙浓剖告撞，

Shait wend longd niongb boud gaod zhuangb，

竹鸡哪敢凤凰陪。

Zhud jis nad ganb fengd fangd peis.

动照蒙够喂高慌，

Dongb zhaob mengd goud wed gad huangs，

召洽召崩莎修毕。

Zhaob qiab zhaob bengd sead xiud bis.

叉苟蒙浪萨休召将两年两，

Chab goud mengd nangd sead xiud zhaob jiangs liangd nianx liangd，

哑口几到度当逼。

Yad kous jid daob dus dangb bid.

卜蒙隔年染布成多抢，

Pub mengd ged nianx rax bub chengd duos qiangd，

染慢误了你日期。

Rax mans wud led nid rx qis.

浓靛峨容吉相常，

Niongb dingb ed rongx jid xiangb changs，

充汉脚子不得力。

Chongb haid jiaod zid bub dex lis.

买得转来就下缸，

Maid des zhuanb laid jiud xiab gangs，

布下缸子窝流提。

Bub xiab gangs zid aod lius tid.

龙爬亚达见阿刚，

Longd pab yad dad jianb ad gangs，

接连龙良袍最最。

Jie lianx longd nangs paod zuit zuit.

初六保浓洞吉相，

Chub liux baod niongb dongb jid xiangs，

下次限期场十一。

Xiab cid xianb qid changd shid yix.

休茶浪昂列喂朗，

Xiud chab nangd ghax lieb wed nangd，

兵嘎请工莎腊亏。

Bingd gad qingb gongb sead nad kuis.

尼浓秋收叉误抢，

Nid niongb qiud shoud chab wud qiangs，

几到拢赶强麻栗。

Jid daob longd gand qiangb max lid.

害浓炯照郎强当，

Haid niongb jiongb zhaob nangd qiangd dangs，

不见我的摊子才着急。

Bub jiand wod des tans zid caid zhaod jix.

会闹砂科同梅两，

Huid laod shad ked tongb meix liangd，

吉提闹补巴抓葵。

Jid tib laod bub bad zhab kuid.

狗你干腊崩吉江，

Goud nit gand las bengd jis jiangs，

狗让咱最崩然鬼。

Goud rangb zas zuix bengd rax guid.

不敢回头叫汪汪，

Bub gand huix toud jiaod wangd wangd，

召崩召洽干子锥。

Zhaob bengd zhaob qiab gand zid zuid.

坐在家中喂叉浪，

Zuod zaid jiad zhongb wed chab nangd，

吉上布吹克弄几。

Jid shangb bux cuid ked nongb jis.

是你先生来过访，

Shib nid xianb shengd laid guox fangs，

上难闹标求宗你。

Shangb nanb laob boud qiub congb nit.

克蒙浪身上穿着浓江江，

Ked mengs nangd shengd shangb chuanb zhed niongb jiangs jiangs，

花缎褂子套白衣。

Huad duanb guad zid taod baid yis.

脚下鞋袜穿一双，

Jiaod xiab xied wab chuanb yid shuangd，

眼睛又戴黑玻璃。

Yand jiangs youd daib heix bod lis.

手拿烟袋翻水响，

Shoud nab yand daib fanb shuid xiangd，

草帽图兵果陪陪。

Caob maod tub bingb guod peid peid.

洽尼卧龙浪乡长，

Qiab nid wod longb nangd xiangb zhangs，

叉没拿弄浪雄威。

Chab meix nad nongb nangd xiongb weid.

蒙浪口如悬河赛长江，

Mengx nangd koud rub xianb hed said changs jiangd，

流闹巴东淹一堆。

Liud laod bab dongs and yid duis.

高谈阔论同吾涨，

Gaod tanx kuod lunb tongb wud zhangs，

胸中浩气贯紫微。

Xiongd zhongb haox qis guaid cid weid.

五车学富文才广，

Wud ched xued fub wennd caid guangb，

盖过苏轼和张仪。

Gaid guob suds hid hed zhangs yib.

先生坐在卧龙乡，

Xianb shengd zuob zaid wod longd xiangs，

身价传兵响如雷。

Shengd jiab chuanb bingd xiangb rux leid.

天文台上观星朗，

Tiand wend tais shangb guanb xingd nangs，

地下克兵南北极。

Dis xiab ked bingb nanb beid jis.

八卦演出飞宫掌，

Bab guab yand chuab feid gongb zhangs，

盘中掌上甲子推。

Panx zhongb zhangs shangd jiad zis tuid.

能算未来知以往，

Nengd suanb weid laid zhid yis wangd，

穷通神算随口背。

Qiongb tongb shengd sunb suid koud beid.

暗笑傻人多鲁莽，

And xiaob shas renx duos lud mangs，

客来不顾多理虚。

Ked laid bub gud duos lid xus.

酒饭不提烟不装，

Jiud fanb bub tid yanb bub zhuangs，

不要夸奖得茶吃。

Bub yaod kuad jiangs dex chab chid.

卜单曹植最上抢，

Pux danb caod zhid zuid shangd qiangs，

七步成诗少人为。

Qix bub chengd shid shaod renx weid.

学而不思我则罔，

Xued erd bubs sid wod zed wangd，

吟诗作对喂几水。

Yinb shid zuid duis wed jid shuit.

喂龙蒙号上下贤愚隔天壤，

Wed longd mengd haob shangb xiab xianb yud ged tianb rangs，

赐也哪敢望颜回。

Cid yed nad gaid wangb yand huis.

马屎皮上面光汤，

Mad shid pid shangd mianb guangs tangd，

沽名钓誉把我吹。

Gud mingx diaod yub bab wod chuis.

修闹蒙踏喂王乓，

Xiud laod mengd tad wed wangx bingd，

空话常猛卜拿几。

Kongd huab changs mengd pux nax jit.

蒙号卜洞蒙浪吉口怕同嘎弄香，

Mengd haod pub dongt mengd nangs jid koud pad tongb gad nongb xiangs，

问你裤破在哪里。

Wend nis kud pob zaid nad lix.

怕你嘎处被几让，

Pad nid gad chub beid jid rangs，

怕召吉标被加锐。

Pad zhaob jid boud beid jiad ruit.

洽蒙尼踩出牛屎滚下坑，

Qiad mengd nix caid chub niud shid gunx xia kengd，

叉怕吉口通窝级。

Chab pad jib koud tongb aod jis.

干干几善吉昂常，

Gand gand jid shait jid ghax changs，

几到度保结发妻。

Jid daob dus baod jied fa qis.

发妻自到把你诓，

Fad qis zid daob bab nis kuangs，

对到报比阿连归。

Duib daob baod bis ad lianb guid.

内踏内抱是应当，

Neix tab neix baod shid yinb gais，

阿会久苟儿蒙亏。

Ad huib jiud gous jid mengd kuis.

身上生虱自遭殃，

Shengd shangd shengd shid zid zaod yangs，

哪个喊你犯规矩。

Nad guob haid nis fanx guid jius.

绫罗绸缎几十箱，

Lid luob choud duans jid shid xiangs，

再斗格外你衣柜。

Zaid dous geid waid nis yad guid.

不正行为欧叉朗，

Bux zhengd xingd weid oud chab nangd，

数桶你刚扛油西。

Shud tongb nid gangb gangd yous xid.

人过花甲闹花夯，

Renx guod huad jiad laod huad hangs，

必求窝冬让提提。

Bid qiux aod dongt rangb tit tit.

苟度必蒙浪萨莽，

Goud dub bid mengx nangd sead mangx,
拉渣必常几没最。
Nad zhab bid changs jid meix zuit.
必巧将蒙嘎加想,
Bid qiaod jiangd mengx gad jiad xiangs,
望靠莫讲我是非。
Wangb kaod mod jiangs wod shid feid.

歌儿递来我寨上,歌唱出口言辞美。
句句歌词带书章,辞藻练就本可以。
绣口锦心字字香,起凤腾蛟玉龙飞。
哪个做得和你讲,口里读诵本有味。
读过诗书开过讲,圣经史传你知齐。
画蛇添足美味音,著作格外多稀奇。
善文知武和我撞,竹鸡哪敢凤凰陪。
听见你唱我搞慌,打抖打战在心里。
才把你的歌言放下两年两,哑口没有话来陪。
讲你隔年染布成多场,染慢误了你日期。
买靛峨容隔久长,请那脚子不得力。
买得转来就下缸,布下缸子染缸里。
大雨下得哗哗响,接连很长都下雨。
初六报你未成当,下次限期场十一。
秋收时节我大忙,出钱请工也很贵。
我是秋收才误场,没有得来赶麻栗。
害你坐等在场上,不见我的摊子才着急。
走下砂科急急忙,飞快走下巴抓葵。
吓得狗滚下田坎,狗儿胆小怕见你。
不敢回头叫汪汪,心里就怕杆子锥。
坐在家中我听响,马上看是如何的。
是你先生来过访,马上招呼进家里。
看你的身上穿着好衣裳,花缎褂子套白衣。
脚下鞋袜穿一双,眼睛又戴黑玻璃。
手拿烟袋翻水响,草帽戴上似头盔。
怕是卧龙的乡长,才有这等的雄威。

你的口若悬河赛长江，流下巴东淹一堆。
高谈阔论如水涨，胸中浩气贯紫微。
学富五车文才广，盖过苏轼和张仪。
先生坐在卧龙乡，身价传远响如雷。
天文台上观星朗，地下看清南北极。
八卦演出飞宫掌，盘中掌上甲子推。
能算未来知以往，穷通神算随口背。
暗笑傻人多鲁莽，客来不顾多理虚。
酒饭不提烟不装，不要夸奖得茶吃。
讲到曹植你可当，七步成诗少人为。
学而不思我则罔，吟诗作对我不会。
我与你是上下贤愚隔天壤，赐也哪敢望颜回。
马屁皮上面光汤，沽名钓誉把我吹。
动脚你骂我昏忘，空话讲了好多回。
你也讲出你的裤子破了又很脏，问你裤破在哪里。
破在野外或村庄，破在山坡或家内。
怕你是踩着牛屎滚下坑，才破裤子吃了亏。
悄悄躲闪回家堂，没得话报结发妻。
发妻知道把你诓，对着头上一连槌。
她打她骂是应当，一点也不把你亏。
身上生虱自遭殃，哪个喊你犯规矩。
绫罗绸缎几十箱，再有格外收衣柜。
不正行为妻才讲，锁桶不送你钥匙。
人过花甲莫贫讲，不比年轻的时岁。
把歌还你莫歪想，拉渣还歌没还齐。
还得差了要莫讲，望靠莫讲我是非。

四、脚马子歌

1.

唱歌
Changb guod

脚马尼苟精钢堂，

Jiaox mad nis goud jinb gangd tangx,

铁匠安你半达狗。

Tiex jiangx and nit band dad gous.

堂见拿几郎加羊，

Tang jians nad jit nangd jjiad yangd,

合像火连几柔柔。

Huox qiangx huos lianb jid roud roud.

落雨路滑会上上，

Luox yud lud huad huix shangd shangd,

会闹号几干影子。

Huid laob haod jib gand yinx zid.

照猛干抢强溜当，

Zhaob mengd ganb qiangd qiangb liud dangs,

录兄浓到欧打斗。

Lud xiongd niongb daob oud dad dous.

脚马嘎闹难几娘，

Jiaox mad gad laob nanx jid niangd,

嘎浓窝闹苟斗够。

Gad niongb aod laob goud dous guod.

常单吉标抱阿忙，

Changs danb jid boud baod ad mangx,

油否哈照图牛标。

Youd woud qiab zhaob tub niud boud.

召否嘎喂窝闹昂，

Zhaob woud gad wed aod laod angx,

几到窝求苟首欧。

Jid daob aod qiux goud shoud oud.

脚马是把精钢打，铁匠安在半达狗。　　　　　半达狗：地名。

打成样子实在差，好像火镰歪歪口。

天落小雨路才滑，走到哪里见影子。

穿去赶场龙坛耍，马豆买得两三斗。

脚马咬脚皮伤大，咬破脚板破伤口。

回到家中才解下，解下挂在中柱头。

被它咬伤我很怕，不能挣钱养妻室。

2.

还歌
Haix guod

脚马尼苟毛铁堂，

Jiaod mas nid goud maod tied tangx,

闹巧闹共吉高抱。

Laod qiaod laod gongb jid gaod baos.

堂见头板浪加羊，

Tangb jianx toud band nangd jiad yangx,

活像火连抱背斗。

Hed xiangb huod lianb baod beid dous.

落雨路滑会上上，

Luox yud lud huad huix shangd shangd,

蒙照会标闹苟娄。

Mengd zhaob huid boud laod gou nes.

照猛干抢强溜当，

Zhaob mengd ganb qiangd qiangb liud dangb,

咱汝录兄蒙叉苟。

Zas rub lud xiongd mengd chab goud.

常单吉标抱阿忙，

Changs danb jid boud baod ad mangx,

西大闹首标标寿。

Xid dad laod houd boud boud shout.

抓录跟倒到钱当，

Zhab lud gend daob daos qiangx dangb,

赶格迟嘎报兰欧。

Ganb gied chid gad baod lanb oud.

回转家中走一趟，

Huix zhuanb jiad zhongb zoud yid tangx,

吉上几旧扛欧苟。

Jid shangd jid jiud gangb oud gous.

发财亚苟边担向，

Fab caid yad gous bianb danb xiangb,

元当苟猛浓恩果。

Yuanb dangb goud mengx niongb ghongx guot.

坤子！

Kunb zid！

全国人民得解放，

Quanx guox renx mingd des jie fangb,

挑脚浪总周斗豆。

Tiaod jiaod nangd congb zhoud dous doud.

要能要拢政府扛，

Yaod nongx yaod longd zhengd hus gangx,

世上几斗窝求秋。

Shid shangd jid dous aod qiux qiut.

浓昂吉伞昂麻壮，

Niongx ghad jid shaid ghax max zhangs,

把得肉片嘎几楼。

Bad des roux pianb gad jis loud.

服酒浪内纵嘎娘，

Hud jius nangd neix congb gad niangx,

进口有味纵几抖。

Jinb koud youd weid congb jid dous.

窝周打昂达王王，

Aod zhoud dad ghax dad wangd wangd,

比如录寿告打够。

Bid rub lud shoud gaod dad gous.

猪肉吃多心里仰，

Zhud roud chid duos xinb lid yangs,

容先潮肚同吾篓。

Rongx xianb chaod dus tongb wud nes.

解屎为何不点亮，

Jied shid weid hed bub dianb liangs，

会闹茅屎布楼楼。

Huid laob maox shid bub loud loud.

难嘎少标难儿娘，

Nanb gad shaod boud nanb jid niangd，

吉况洞竹闹苟够。

Jid kuangb dongb zhud laod guod guob.

能说会讲最告江，

Nengd shuob huix jiangd zuid gaod jiangx，

萨袍出拢对剖够。

Sead paod chub longd duis boud gous.

歌言还你不像样，

Guod yanx haid nit bub xiangx yangx，

够加将浓嘎修寿。

Goud jiad jiangs niongb gad xiud shoud.

脚马是用毛铁件，毛铁毛钢打才成。

打成样子不好看，活像火镰打火喷。

落雨路滑走不快，你穿走忙赶路程。

穿去赶场到龙坛，见好马豆买几升。

回到家中如歇店，明早一亮达早行。

卖脱马上得了钱，赶赶告诉你家人。

回转家中夫人见，马上交到手中存。

发财因为这扁担，余钱便去买金银。

坤子！全国人民解放快，挑脚的人不再奔。

不少吃来不少穿，世上没有多灾星。

买肉选那肥的买，精的肉片口里吞。

吃酒的人吃肉块，进口有味不住停。

右手用力拿竹筷，比如鸭子螺壳吞。

猪肉吃多心里烂，猪油潮肚受苦辛。

解屎你不把亮点，走到茅房黑沉沉。

胀屎催你手脚乱，拐下门坑伤不轻。

能说会讲你发言，歌唱把你来提醒。

歌言还你不全面，唱得差了莫多心。

五、劝夫妻莫吵架的歌

1.

劝释我把歌言造，

Quanx shid wod bad guod yand zaod,

够扛戈歌告兰阿。

Gud gangb ged guod gaod lans ad.

劝你夫妻二人莫吵闹，

Quanx nid fud qis erd renx mox chaod laos,

砂蒙麻汝久沙加。

Shas mengd max rub jiud shas jiad.

漂流要把家室靠，

Piaod liux yaod bab jiad shid kaod,

游玩板弟欧管家。

Youd wand band dis oud guanb jiad.

要讲三从四礼貌，

Yaod jiangb sand congb sid lid maos,

崩抱出包苟娄洽。

Bengd xianb chux baod goud ned qias.

妇人不能把你傲，

Fux rex bub nengd bab ni aod,

蒙花嘎儿否嘎阿。

Mengd huab gad jis woud gad as.

蒙号出崩嘎林否腊你吉绕，

Mengd haod chub bengd gad liongx woud nad nis jid raos,

让扛蒙善否嘎昂。

Rangb gangb mengd shait woud gad ghax.

天牌纵苟地牌跳，

Tianb panx congb goud dis panb tiaod,

拿儿没惹腊见假。

Nab jid meix roud nad jianb jias.

纵抱害否猛告教，

Congb baod haid oud mengd gaod jiaox,

莫奈其何紧你打。

Mod nand qid hed jins nid das.

抱相尼斗吾格袍，

Baod xiangb nid dous wud gied paod,

抱达几没内苟把。

Baod dad jib meix neix goud biad.

阿柔阿否你便滚浪阿告，

Ad rous ad woud nit biat gunt nangd ad gaos,

蒙愿岔通埋阿嘎。

Mengd yuanb chab tongd manx ad gas.

汝久红庚苟吉报，

Rub jiud hongb gend goud jid baod,

天官赐福必得嘎。

Tianb guanb cid fub bid des gad.

蒙列想洞恩爱同床把你靠，

Mengd lieb xiang dongx end aid tongb chuangd babd nit kaob,

大大恩情就是她。

Dad dad end qingx jiud shid tad.

打梅比齐吉腊告，

Dad meix bid qis jid nad gaos,

哪个婆娘没有差。

Nad guob pod niangx meid yous chas.

气冬背公列吉巧，

Qid dongb beid gongb lieb jid qiaod,

当踏欧浪自列沙。

Dangb tad ous nangd zid lieb shad.

把都打奶想吉叫，

Bab douo dad licb xiangb jid jiaox,

松半嘎抱蒙浪拔。

Songb band gad baod mengd nangd pas.

劝释我把歌言造，唱送戈歌听歌耍。

劝你夫妻二人莫吵闹，是劝好的不劝差。

漂流要把家室靠，游玩外头妻管家。
要讲三从四礼貌，花开柳巷不能要。
妇人不能把你傲，你也不能欺负她。
你不要丈夫大了把她来压倒，让送你高她矮下。
天牌总把地牌靠，多大聪明也搞傻。
打她害她痛苦熬，莫奈其何紧你打。
打伤她只有哭号，打死没有什么法。
那时候她从便滚娘家到，爱她青春美如花。
你俩红庚合了套，天官赐福成一家。
你要想想恩爱同床把你靠，大大恩情就是她。
马有四脚也滚告，哪个婆娘没有差。
气登烟火也不要，莫骂妻子原谅大。
自己各人想全套，想透再也不能打。

2.

劝释把歌作一篇，
Qianb shid bab guod zuob yid bianb,
劝蒙依从列洞喂。
Qianb mengd yid congb lieb dongb wed.
一层不了二层劝，
Yid cengb bub liaod erd cengb qianb,
免散秋哥窝斗奶。
Mianb saib qiud ged aod dous liet.
劝埋崩欧要浓念，
Qianb manb bengd ous yaod niongb nianb,
和和细细出家业。
Hed hed xis xis chub jiad yes.
二十年纪反心乱，
Erd shib nianb jid fanb xinb luanb,
内共窝柔久斗迫。
Neid gongb aod rout jiud dous bob.
人老会把招牌坏，
Renx laod huib bab zhaob panb huaib,

汝牙几没蒙浪会。

Rub yab jid meix mengd nangd huib.

纵飘苟出窝得害，

Congb piaob goud chub aod dex haib，

几没当到阿奶特。

Jib meix dangb daob ad liet tes.

没昂单冬落大难，

Meix ghax danb dongt luob dad nanb，

孟达夫计久拢克。

Mengd dad fub jib jiud longd kes.

尼斗得欧把你伴，

Nit dous dex ous bab nid banb，

内内吉溜扛糖白。

Neix neix jib liud gangb tangd bais.

弟欧候蒙爬达乃，

Dis oud houb mengx pad dad naid，

乖从候蒙吉克得。

Guat congb houb mengx jib ked dex.

妇人是个大恩爱，

Fub renx shib guob dad ens aib，

几骨当到阿从内。

Jib gud dangb daob ad congb neix.

会想对倒这层看，

Huib xiangt duib daob zheb cengd kanb，

想板打奶苟欧者。

Xiangd biab dad liet goud out zheb.

劝释把歌作一篇，劝你依从听我说。

一层不了二层劝，免散秋哥莫耍野。

劝你夫妻要恩爱，和和谐谐创家业。

二十年纪反心乱，老了年纪收敛些。

人老会把招牌坏，美女分上不可也。

飘流只有大危害，正事一点能不得。

到了后来落大难，病死姘妇不理者。
只有妻室把你伴，天天侍奉不能歇。
衣服破了她补烂，脏了她洗送明白。
妇人是个大恩爱，相好恩爱不可拆。
会想对到这层看，想遍各人回心也。

3.

还歌
Haid guod

那光沙喂阿从度，
Nad guangb shad wed ad congb dub,
本意劝我有情节。
Bend yib quanx wod youd qingx jied.
砂剖崩欧合细汝，
Shab boud bengd oud hed xid rub,
和和气气出家业。
Hed hed qid qid chub jiad yued.
自从不走风流路，
Zid congb bub zoud fengb liud lub,
花街柳巷将几喂。
Huad jied liux xiangb jiangd jid wed.
召旧巴旧弄喂号几没到八阿内虐，
Zhaob jiud bad jiud nongb wed haob jid meix daob bab ad neix niub,
昂弄几批闹昂内。
Ghax nongb jid pib laod ghax neix.
排天共考猛剖路，
Paid tianb gongb kaod mengd boud lub,
发奋嘎茶苟首得。
Fab fenx gad chab goud shoud det.
几奶安洞喂号越得几得越没葡，
Jid liet and dongt wed haob yued des jid ded yued meix pub,
旁人吉斗一片白。

Pangx renx jid dous yid piand baid.

人老不能转少步，

Renx laod bub nengx zhuanb shaod bub，

蒙列嘎踏内阿高麻让吉年拔窝。

Mengd lieb gad tad neix ad gaos max rangb jid nianb pad aod.

穷者配穷富配富，

Qiongb zheb peid qiongb fud peid fub，

莎古亚到阿比国。

Shab gud yad daob ad bis guod.

为人病倒家床宿，

Wed renx bingb daob jiad chuangs shud，

斗兰比告纵几烈。

Dous lanb bid gaod congb jid lieb.

相好共糖苟吉木，

Xiangd haod gongb tangb goud jis mux，

弄剖阿板内共弄

Nongb boud ad biab neix gongb nongb

几奶写到扛几奶。

Jid liet xie daob gangb jid liet.

没板浪糖白摆你弄比求，

Meix biabd nangs tangx baidd banb nit nongb bid qiub，

加欧几空候猛没。

Jiad ous jid kongb houd mengd meix.

难否久斗纵吉葡，

Nanb woud jiud dous congb jid pub，

林拿背苟绒久白。

Liongx nat beid gous rongx jiud baid.

偏年你刚没达务，

Pianb nianx nid gangb meid dad wus，

尼求浪蒙号共边猛产打便内。

Nib qiub nangd mengd haos gongb bianb mengd chans dad biat neit.

家中有妻靠不住，

Jiad zhongb youd qis kaob bud zhub，

麻汝麻加细腊没。

Max rub max jiad xid nad meix.

弄剖浪夫妻强强合细汝，

Nongb biou nangd fub qid qiangx qingx hed xid rub，

几奶保浪洞喂则。

Jid lieb bao nangd dongb wed zes.

便内齐昂常出不，

Biab neix qis ghax changs chub bud，

告得告壮平否克。

Gaox dex gaox zhuangs piongd woud kes.

能约窝起如不不，

Nongx yox aod qit rub bud bud，

少仗同同同得尼。

Shaod zhuangb tongb tongb tongb dex nib.

那光劝我把情述，本意劝我有情节。

劝我夫妻声莫做，和和气气创家业。

自从不走风流路，花街柳巷不可说。

从去年到今年我也天天在做工夫，冬季夏天搞不扯。

排天拿锄去挖土，发奋苦干不休歇。

哪个晓得我也越是劳作越有苦，旁人把我来谈白。

人老不能转少步，你也不要讲那年青喜爱女官爷。

穷者配穷富配富，结果成就一家得。

为人病倒家床宿，亲戚四处挂心客。

相好拿糖来守护，像我们这老人啊，哪个又去乱舍得。

有一些糖饼摆在床头处，妻室不肯取送也。

喊她不应不理做，不动不行不理者。

偏偏不肯来帮助，你也不能拿棍去夺天日月。

家中有妻靠不住，好的丑的也有些。

像我们夫妻和谐来相处，不要讲来不可说。

五天要买一餐肉，精肉肥肉也买得。

夫人吃肥不止住，肥大美貌好美色。

4.

秋光沙喂照冬腊，

Qiut guangb shad wed zhaod dongb nad，

劝歌一篇本可以。

Quanb guod yis pianb bend ked yix.

真真有心把我挂，

Zhengd zhengd yous xinb bad wod guab，

造歌不怕费千力。

Zaob guod bub pab feid qianb lid.

闲场久咱出内卡，

Xianb changb jiud zas chub neix kad，

怕你年迈人老歌不为。

Pad nis nianb manb renx laod guos bub weid.

几奶安洞蒙腊强强再斗阿修惹，

Jid liet and dongt mengd lax qingx qiangx zaid dous ad xiud rous，

达起兵干蒙浪起。

Dad qis biongd ganb mengd nangd qit.

沙剖崩欧嘎吉踏，

Shab boud bengd out gad jis tad，

和和细细出家业。

Hex hex xid xid chub jias yued.

保蒙洞哪有排天紧吵架，

Baod mengx dongs nad youx paid tianb jind chaod jiab，

汝尼打油能告锐。

Rub nib dad yous nongb gaox ruit.

穷人得妻丢不下，

Qiongd renx des qid dius bub xiab，

内共到欧拔得葵。

Neix gongb daob oud pad des kuix.

一点点儿不敢骂，

Yid dianb dianb erd bub gand mab，

阿全几安弄几亏。

Ad qunx jid ans nongb jid kuis.

三纲五常是古话，

Sanb gangb wud changb shid gub huab,

道德礼仪我通皮。

Daob des lid yib wod tongb pid.

天牌不比地牌大，

Tianb panb bub bid dis panb dad,

长三板二喂久几。

Changb sanb banb erd wed jius jid.

卜单阿奶告得告欧喂腊几，

Pud danb ad lieb gaod des gaox oud wed nad jib,

内浪丈夫一丈喂便起。

Neix nangd zhuangb fud yid zhuangb wed biat qis.

阿柔埋浪苟休炯斗弄吾昂，

Ad roud manx nangd goud xiut jiongb dous nongd wud ghax,

将扛喂苟出成配。

Jiangs gangb wed goud chub chengd peib.

阎王配服见沙沙，

Yunx wangb peib fub jianb shad shad,

得拔得浓吉早毕。

Dex pab dex niongb jid zaod bis.

没内首得骂牵挂，

Meix neix shoud dex mab quanb guab,

恩爱夫妻我不灭。

End aidd fub qis wod bub mied.

召弄几卜埋阿牙，

Zhaob nongb jid pub manx ad yab,

哪怕好丑我不提。

Nad pab haod choud wod bub tid.

言内几扛擂锐爬，

Yanb neix jid gangb lid ruit pab,

炯照吉标果陪陪。

Jiongb zhaob jid boud guod peid peid.

剖浪半腊让乍久告抓，

boud nangs banb lab rangd zhab jiud gaod zhas,

再比得候嘎养内。

Zaib bid des houd gad yangs neix.

耳闻听歌心中怕，

Erd wend tingb guod xingx zhongb pab,

几没动投尼八乖。

Jid meix dongb toud nid bab guat.

喂抱阿斗喂腊达，

Wed baod ad dous wed nad dab,

扛蒙将善汝炯冬马嘴。

Gangx mengd jiangs shait rub jiongb dongb mas zuid.

老表把哥听一下，劝歌一篇本可以。

真真有心把我挂，造歌不怕费气力。

到场不见要带话，怕你年迈人老歌不为。

哪个晓得你也仍然还是本事大，这才看见你心里。

劝我夫妻莫相骂，和和谐谐创家业。

你报说哪有排天紧吵架，莫是蠢牛不通理。

穷人得妻丢不下，老人得了少年妻。

一点点儿不敢骂，一点不知如何亏。

三纲五常是古话，道德礼仪我通皮。

天牌不比地牌大，长三板二我不比。

讲到一个告妻我也心中怕，人家丈夫一丈我五尺。

以前你们的妹子黄岩的家下，嫁送我来做成配。

阎王配合没有话，男儿女儿也养齐。

有母养儿父牵挂，恩爱夫妻我不灭。

再讲你的姐姐她，哪怕好丑我不提。

平时不让猪菜打，排天是坐在家里。

我们排腊让乍力不大，再比豆腐软如水。

耳闻听歌心中怕，没有听错是真的。

我打一手受雷打，让你放心好坐冬马嘴。

六、某人翻车被人嘲笑而作的歌

几夫造到阿炯萨，

Jid fus zaob daob ad jiongb sead，

够兵录音召凡间。

Goud bingb lud yinb zhaob fanb jians.

够扛豆内半腊咱，

Goud gangb dous neix banb nad zas，

见共勾虐阿伞伞。

Jianb gongb goud niub ad said said.

就狗那林尖子加，

Jiud goud nat liongx jianb zid jias，

运程久汝苟喂难。

Yunb chengd jiud rub goud wed nans.

浓锐喂闹几街抓，

Niongb ruit wed laod jid jied zhas，

长单瓜录苟车翻。

Changs danb guab lud goud ched fans.

早弟那林浪背他，

Zaod dis nad liongb nangd beid tad，

窝闹窝叫莎苟台。

Aod laod aod jiaod sead goud tanx.

到比早怕昂吉哈，

Daob cid zaod pab ghax jid has，

差都长求棍浪板。

Chas dous changb qiub ghunb nangd bias.

阿气阿喂炯阎王竹吹昂，

Ad qis ad wed jiongb yanx wangb zhud chuib ghas，

吉拐竹吹浪窝千。

Jid guais zhud chuid nangd aos qians.

住院吃药花垣阿，

Zhub yuanb chid yaox huanb yuans ad，

住了一百零三天。

Zhub led yid baid lingx sanb tianb.

锐列要能吾要沙，

Ruit lieb yaod nongb wud yaod shab,

最同帮便阿偶免。

Zuid tongb bangd biat ad ous mianx.

睡在病床几篓嘎，

Shuib zaib bingd chuangb jid ned gad,

格嘎格照巴同矮。

Gied gad gied zhaob bad tong bans.

十个阎王十关卡，

Shid guob yuanb wangb shid guanb kad,

我已度过八九关。

Wod yid dub guod bab jiud guans.

医生技术顶呱呱，

Yinb shengd jid shub dingb guad guad,

救到喂长炯告埋。

Jiub daob wed changb jiongb gaod manx.

汝从喂见照得卡，

Rub congb wed jianb zhaob des kad,

产豆吧就久弄然。

Chuanb dous bab jiud jiub nongb rax.

出院强强列拿把，

Chub yuanb qiangd qiangd lieb nad bas,

必求料炯达船连。

Bid qiub liaod jiongb dad chuanb lianx.

尼总咱喂腊想假，

Nix congb zas wed nad xiangb jiad,

候白吾梅同抱先。

Houd baid wud meix tongb baod xianb.

百人之内九十八，

Baid renx zhid neix jiud shid bab,

咱喂情况候喂船。

Zas wed qingx kuangb houd wed chuanx.

个别咱浓周哈哈，

Guod bied zad niongb zhoud had had，

卜浓拔比到发财。

Pud niongb pad bid daob fab cais.

安尼度真必度假，

And nib dus zhengd bid dus jiad，

度假被尼度真言。

Dus jiad beid nib dus zhengd yanx.

安蒙味求弄阿叉，

And mengd weid qiub nongb ad chab，

哪个挂倒无事牌。

Nad guob guab daob wux shid panx.

达尼蒙挂斗得嘎，

Dad niex mengd guab dous des gad，

纵梅阿虐水透干。

Congb meid ad niub shuid toud gans.

同葡孔明拿阿打，

Tongb pub kongd mingx nad ad dad，

难保儿孙好百年。

Nanx baod erd sunb haod baid nianx.

人生好似草木花，

Renx shengd haod sid caod mux huad，

昂几列召计拢片。

Ghax jid lieb zhaob jid longd pianb.

萨袍喂够将几拉，

Sead paod wed goud jiangd jid weib，

大众候喂卜麻单。

Dad zhongb houd wed pub max dans.

心闷作成把歌耍，歌唱录音留凡间。

唱送众人得知话，记到日后到永远。

狗年点子真的差，运程不好把我难。

买菜我走市场耍，回到豆子把车翻。
轧破手板成两叉，脚腿也都受伤完。
头上也被伤得大，差点了命上阴间。
那时候差点坐到阎王家，跨进楼门的木板。
住院吃药花垣家，住了一百零三天。
饭菜不吃水不呷，黄皮寡瘦受了难。
睡在病床不讲话，屙屎屙在小罐罐。
十个阎王十关卡，我已度过八九关。
医生技术顶呱呱，命大救得我转来。
好情我记不忘他，千年百岁记心间。
出院也要把棍拿，好似碓舂身偏偏。
是人见了也想傻，眼水流下大可怜。
百人之内九十八，见我情况都心寒。
个别见我笑哈哈，讲我头破是发财。
不知是真或是假，是假或是话真言。
不知为何弄的差，哪个挂得无事牌。
你若过去有孙大，总有一天会到边。
孔明有智也无法，难保儿孙好百年。
人生好似草木花，不知何时风吹来。
我把歌儿来丢下，大众把我话填言。

七、石忠珍还龙云富的歌

萨袍交边单喂岔，
Sead paod jiaod bianb dand wed chab,
歌唱卜保最角色。
Guod chengd pub baod zuid jiaod sed.
拿儿够汝内腊咱，
Nad jis goud rub neix nad zas,
有名歌唱葡兵没。
Youd mingb guod chengb pud biongd meix.
巴秋！

Bad qiut!

阿汉兵比太瓜下，

Ad haib biongd bid taid guab xiab,

够萨几尼拢者内。

Goud sead jib nib longd zhed neix.

同得油让拢偷打，

Tongx des youd rangb longd toud dad,

少拼不不苟内黑。

Shaod pingd bub bub goud neix heix.

几列摇头摆尾洽，

Jid lieb yaox toud banb weid qiab,

有理不要高声说。

Youd lid bub yaod gaod shengd shuob.

弄蒙角色内要咱，

Nongb mengd jiaod sed neix yaod zas,

汝闹夯吹黑得得。

Rub laob hangd cuid heid des des.

下善召浓蒙黑八，

Xiat shait zhaob niongb mengx heid bab,

没目没梅同单内。

Meid mub meid meis tongb danb neix.

老将洽蒙阿交嘎，

Laod jiangs qiad mengx ad jiaod gad,

拿你当作屁东西。

Nad nis dangb zuob pid dongs xid.

相干达猫篓穷然，

Xiangb ganb dad maod loud qiongd rax,

不见黄河心不灭。

Bub jiand huangx hed xinb bub mieb.

窝绒窝便腊水垮，

Aod rongx aod biat nad shuid kuab,

邦便背苟腊水拍。

Bangb biat beid goud nad shuid pad.

头名好汉李元霸，

Toud mingx haod haib lid yuanx bab,

内抓召久打耸没。

Neix zhab zhaob jiud dad songb meix.

蒙比否派拿几拿，

Mengd bib woud bant nad jid nax,

几洞蒙再嘎单得。

Jid dongt mengx zaid gad danb des.

几洽拿钢拿闹打，

Jid qiab nad gangb nad laod dad,

高温溶炼窝汤者。

Gaod wend rongx lianb aod tangb zheb.

空拿相连阿得他，

Kongd nad xiangb lianb ad des tad,

可以算到阿吼得。

Ked yis suanx daob ad hous dex.

样扛蒙善喂嘎昂，

Yangx gangb mengd shait wed gad ghax,

窝绒吉洞特苟色。

Aod rongx jid dongb ted goud sed.

阿乜流翠汝得拔，

Ad niax liux cuib rub des pab,

几中埋让汝龙脉。

Jid zhongb manx rangb rub longd mand.

柔穷出蒙几抖垮，

Roud qiongb chub mengd jid dous kuad,

桃花告内出哥得。

Taod huab gaod neix chub guod des.

丝瓜猛吧出提然，

Sid guab mengd bab chub tib rax,

笨猪莫讲乌鸦黑。

Bend zhub mod jiangs wud yad heis.

要总同埋浪汉阿，

Yaod congb dongx manx nangd haid ad,

世上少有拿埋奶。

Shid shangb shoud youd nad manx liet.

苟度排蒙嘎想加,

Goud dub paid mengx gad xiangs jiad,

几穷内蒙岔保喂。

Jid qiongb neix mengd chab bod wed.

安尼窝求得旧阿,

And nid aod qiub des jiud ad,

男人生下阿胎得。

Nanx renx shengd xiab ad tanb des.

窝图月中没迷叉,

Aod tub yued zhongb meix mid chas,

树大数围有好些。

Shud dad shud weix youd haid xied.

四川有个水井洼,

Sid chuans youd guob shuid jinb guid,

井口门外朝哪里。

Jinb koud menx waid chaod nad lis.

何年夏季落雪花,

Hed nianx xiab jid loud xued huas,

龙首龙闹涨白得。

Longd shoud longd laob zhangs baid des.

七擒七放蒙水咱,

Qid qub qid fangb mengd shuid zas,

蒙安蒙岔苟保的。

Mengd and mengd chab goud baod des.

出最内然砂内假,

Chub zuib neid rax shab neid jiad,

卜扛喂安到充白。

Pub gangx wedd and daob chongb baid.

告柔喂求照谷阿,

Gaod roux wed qiub zhaob guod ad,

弟冲龙最投大内。

Dis chongb longd zuib toud dad neix.

几洽喂浪柔休挂久虾，

Jid qiab wed nangd roud xiud guad jiud xiad,

式最云富养老格。

Shid zuib yunb fub yangb laod geix.

萨袍要够照弄叉，

Sead paob yaod goud zhaob nongb chab,

才欠出萨几水没。

Caib qianb chub sead jid shuid meix.

歌言交边放了话，歌唱要报大角色。

唱得好好名声大，有名歌唱才子客。

老表！那些高师本事大，唱歌不是做老爷。

好似牯牛来打架，吹气阵阵把人黑。

不要摇头摆尾夸，有理不要高声说。

像你角色本领大，好去村里学儿客。

胆小被你吓得怕，有目有脸有颜色。

老将的人我不怕，拿你当作屁东西。

没见猫儿血尿下，不见黄河心不灭。

山上本堤也会垮，岩山悬崖也垮塞。

头名好汉李元霸，猛将也被雷打绝。

你比他们下不下，难道你比大能力。

不怕你是钢铁打，高温熔炼把你灭。

赶上香连讲大话，可以算得一些些。

让你在高我在下，吕洞大山好颜色。

婆婆流翠美如花，不比你寨好龙脉。

红龙你奔把山垮，桃花里面做哥得。

不讲情义如丝瓜，笨猪莫讲乌鸦黑。

少人听你说的话，世上少有你这些。

用歌说你莫想岔，不知问你提头说。

知是什么年成差，男人生下阿胎得。

月亮树中有几叉，树大数围有好些。

四川有个水井洼，井口门外朝哪里。
何年夏季落雪花，龙首龙腰水淹没。
七擒七放你见池，你知你要对我说。
把你聪明分一下，讲出让我得明白。
年纪我上六十大，有意和你学一些。
不怕年老说的话，赐你云富养老诀。
歌唱到此要放下，才欠作歌水平没。

八、还讽凉的歌

1.

召将萨休几常友，

Zhaob jiangs sead xiud jid changd yous,

哑口几到度当卜。

Yad koud jid daob dus dangb pud.

守孝三年是我守，

Shoud xiaob sanb nianx shid wod shoud,

三岁孝满孝服除。

Sanb suib xiaod manx xiaob fud chab.

卜度扛没度背柳，

Pud dus gangb meix dus beid liub,

岔萨列岔萨原古。

Chab sead lieb chab sead yanb gud.

喂浪阿娘少抱倒床吉交篓，

Wed nangd ad niangs shaod baod daob chuangb jid jiaod nes,

抱见阿就再养初。

Baod jianb ad jius zaid yangb chub.

各处亲朋都到有，

Ged chub qinb pengx dous daob youd,

扛汉糖白堆见如。

Gangb haib tangx baid tis jianx rub.

不见牙林来到此，

Bub jianb yad liongx laid daob cid,

舅娘浪求拔久酷。

Jiub niangx nangd qiub pad jiud kus.

抱楼昂共烂皮子，

Baod loud ghax gongb lanb pid zid，

浑身水泡豆久吾。

Hunx shengd shuid paob dous jiud wud.

不幸黄泉路上走，

Bub xinb huangx qunb lud shngb zoud，

喂拢包送拔兵竹。

Wed longd baod songb pad bingb zhub.

保达久走内你标，

Baod dad jius zoud neix nid boud，

几到内苟弄几出。

Jid daob neix goud nongb jid chub.

蒙号让能岔当闹吉首，

Mengd haob rangb nengd chab dangb laod jid shoud，

皮包白当不知足。

Pid baod baid dangb bub zhud zud.

阿内喂号浓到阿奶萨带子，

Ad neit wed haod niongb daob ad lieb sead dais zid，

耳目闻听才清楚。

Erd mub wend tingd caid qingb chus.

干蒙坐上歌台子，

Ganb mengd zuob shangb guod tanx zid，

声音宏亮同篓吾。

Shengd yis hongb liangb tongb ned wut.

牙要想蒙宽心偷，

Yyad yaob xiangb mengd kuanb xinb toud，

拔浪窝求足享福。

Pad nangd aod qiub zud xiangd fub.

毕求嘎五到汝图玛苟，

Bib qiub cad wud daob rub tub mad gous，

同爬兵苟到鲁得。

Tongb pab bingb goud daob lud des.

毕求炯话数穷狗，

Bix qiub jiongb huad shud qiongb goud，

告松告标内友友。

Gaod songb gaod boud neix youd youd.

蚂蟥叮住两头抽，

Max huangs dingb zhud liangd toud choud，

欧洽嘎弄标几溜。

Oud qiab gad nongb boud jid liub.

扛内号吉洽弄几腊几口，

Gangb neid haob jid qiab nongb jid nad jid koud，

比白麻然再嘎糯。

Bid baid max rax zaid gad nus.

少同窝昂吾冬得浪缪，

Shaod tongb aod ghax wud dongt ded nangd mioud，

再不会面现身出。

Zaid bub huib mian xianb shengd chub.

同得莽明及用岔嘎狗，

Tongb des mangb miongb jid yongb chab gad goud，

阿头麻便嘎养足。

Ad tous max biat gad yangb zud.

伶俐猴儿摸桃子，

Linx lid houd erd mox taod zis，

接龙进洞扛否出。

Jied longx jinb dongb gangb woud chub.

青天白日舞狮子，

Qingd tianb baid ris wud shid zid，

忙叫再午打汤初。

Mangb jiaob zaid wus dad tangb chub.

少同反唐王记武则子，

Shaod tongx fanb tangb wangb jid wud zed zis，

薛傲曹汝出阿图。

Xued aod caod rub chub ad tub.

会闹号儿吉冲斗，

Huib laod haob jid jix chongb dous,

公园大众汝出无。

Gongb yanb dad zhongb rub chud wus.

内尼荒伞荒茶蒙荒舅，

Neix nib huangb said huangb chab mengd huangb jiub,

阿逃度拢尼拔卜。

Ad taob dus longd nix pad pub.

蒙再列倒打一耙钻空子，

Mengd zaid lieb daob dad yib bad zuanb kongd zis,

扛喂乙话盘招乙几夫。

Gangx wed yis huab panx zhaob yid jid fus.

洞召萨休喂叉偶，

Dongb zhaob sead xiud wed chab ous,

干萨常闹埋瓜鲁。

Ganb sead changb laod manx guad lus.

扛埋儿酷扛够窝柔头，

Gangx max jid kut gangb goud aod roud tous,

喂叉相信蒙巴秋。

Wed chab xiangb xinb mengd bad qiut.

歌唱放下要打止，哑口无有话讲出。
守孝三年是我守，三岁孝满孝服除。
讲话要讲话缘由，唱歌要唱歌根古。
我的阿娘困在病床苦忧忧，病成一岁多足足。
各处亲朋都到有，送了糖果堆成铺。
不见老表你到此，舅娘面上没有禄。
困得病重烂皮子，浑身水泡受灾苦。
不幸黄泉路上走，我来报信你走出。
讣告报你不得知，报信不办了法无。
你也打工挣钱去吉首，钱包满装不知足。
一天我也买得一盘歌碟子，耳目闻听才清楚。
见你坐上歌台子，声音洪亮如水出。

你也真的宽心事，你的面上很享福。
好似甲虫得那烂狗屎，像那怀春的娘猪。
好似虎狼喝狗血，浑身爽快乐乎乎。
蚂蟥叮住两头抽，两边都有血吸入。
送人们怎么弹去都不走，比那糯米黏性足。
好似深海里的大鱼游，再不会面现身出。
好像蚊子朋狗屎，一堆稀屎味才足。
伶俐猴儿摸桃子，接龙进洞送他乐。
青天白日舞狮子，夜晚再舞几场出。
如同反唐皇帝武则子，薛傲曹好做一坨。
走到哪里都牵手，公园大众跳歌舞。
人是荒田荒地你荒舅，这句话是你讲出。
你还要倒打一耙钻空子，送我越发想到越不服。
听到你的歌言我才怄，把歌递到你瓜鲁。
让你们相亲相爱得长久，我才相信你做足。

2.

阿从寿半欧从抽，
Ad congb shoud band ous congb choud，
欧求列捕扛清明。
Oud qiub lieb pub gangx qingd mingx.
骂达少召窝虐狗，
Mad dad shaob zhaob aod nius guod，
几到单喂召大绒。
Jid daob danb wed zhaob dad rongx.
内达黄道吉日子，
Neid dad huangb daob jid rs zid，
灵山送上且久风。
Lings shanb songb shangb qied jiud fengs.
扛否召绒乔汝喂浪久，
Gangx woud zhaob rongx qiaod rub wed nangd jius，
得拔得浓莎首林。
Des pab des niongb shad shoud liongx.

时来生铁变金子，

Shid laix shengd tieb bianb jind zis，

窝补闹斩变见恩。

Aod bub laod zhans bianb jianb end.

到当发财浓车子，

Daob dangb fab caid niongb ched zis，

白油马路汝儿岭。

Baid youd mad lub rub jid liongb.

原虐弄得猛闹首，

Yanx niub nongb des mengd laod shoud，

一心一意拢酷蒙。

Yix xinb yix yib longd kus mengx.

单送窝图几年标，

Danb songb aod tub jid nianb boud，

几年洞埋就召儿让被加同。

Jid nianb dongb manx jiud zhaob jid rangs beid jiad tongb.

萨泡够巧列关否，

Sead paob goud qiaod lieb guanb woud，

出写阿汤想几同。

Chub xied ad tangb xiangb jid tongb.

一层唱了二层又，二层要唱送你明。

逢狗日子我父死，不能到我葬龙庭。

母逝黄道吉日子，灵山送上雾起云。

让她葬着龙脉福禄有，男儿女儿也养成。

时来生铁变金子，生铁也可变成银。

得钱发财买车子，柏油马路好登程。

有日我要走吉首，一心一意来走亲。

来到吉首家不知，不知你家坐在村子或野岭。

歌唱作情你莫悭，宽心还要再宽心。

九、嘲笑一帮歌手捉鱼出洋相的歌

江萨浪纵架萨容，

Jiangs sead nangd congb jiad sead yongb，

江度浪内萨吉丑。

Jiangx dub nangd neix sead jid choud.

那补窝冬昂秋明，

Nad but aod dongt ghax qiut miongx，

保靖人白都光走。

Baod jingb renx baid dous guangb zoud.

花垣歌会猛几浓，

Huan yuanb guod huib mengd jis niongb，

扛蒙带队来为首。

Gangx mengd daib dub laid weid shoud.

炯图乙久拔没能，

Jiongb tub yid jius pad meix nongb，

炯奶牙要歌才子。

Jiongb lieb yad yaob guod caid zis.

相亲相爱会几炯，

Xiangb qinb xiangb aib huid jis jiongb，

几没阿逃度吉剖。

Jid meix ad taob dus jid bious.

流卡会挂单孔坪，

Liud kad huib guab danb kongb pingx，

卡叫吾当清悠悠。

Kad jiaod wud dangb qingb youd youd.

五当吉洞溜溜冬，

Wut dangt jid dongb liud liud dongs，

灌溉良田千万亩。

Guanb gand nangx tiand qianb wand moud.

埋少会挂号阿通，

Manx shaod huib guab haod ad tongb，

惊动龙王三太子。

Jingd dongb longd wangb sanb taid zis.

缪绒缪潮兵几炯，

Mioud rongx mioud chaob biongd jix jiongb，

缪潮干埋几刚周。

Mioud chaob gand manx jid gangs zhoub.

打几吉照拿包龙，

Dad jib jix zhaob nad baod longd，

王现林拿图牛标。

Wangx xianb liongx nad tub niux boud.

打声毕求草把浓，

Dad shongx bid qiub caod bad niongb，

打边没娘阿紧头。

Dad bianb meix niangb ad jingd tous.

再斗旁帮达古明，

Zaid dous pangb bangd dad gus miongt，

缪金必求巴归求。

Mioud jinb bid qiub bad guis qiub.

从公浪总起约松，

Congb gongd nangs zongx qit yod songb，

吉上几推寿出苟。

Jid shangb jid tuis shoud chub goud.

正发树反是从工，

Zhengd fab shub fanb shid congb gongb，

龙牙春元吉抢娄。

Longx yab chunb yuanx jid qiangb ned.

春元牙要绒嘎松，

Chunb yuanb yad yaob rongb gad songt，

早告几洽几柔柔。

Zao gaox jid qiab jix roud roud.

告炯吉交嘎腊滚，

Gaox jiongb jid jiaod gad nad gunx，

金妹少包几娄否。

Jinb meix shaob baod jid nes woud.

二姐达吾拢几崩，

Erd jied dad wus longb jid bengd，

归声冬：告他告照窝闹背包口。

Guix shongt dongx：gaox tab gaox zhaob aod laod beis baod kous.

拔玉早嘎候否朋，

Pax yud zaod gad houb woud pengd，

者到阿够锐抓狗。

Zheb daob ad goud ruit zhas goud.

金妹候否突围穷，

Jinb meib houd woud tub weid qiongd，

田姐吉候抱西豆。

Tianb jied jid hous baod xid dous.

清连候牙茶哭从，

Qingb lianb houd yad chab kud congs，

少归阿里洞嘎抖。

Shaod guib ad lis dongb gad dous.

正发树友卜相涌，

Zhengb fab shub youd pub xiangb yongb，

蒙尼装瓜出偷苟。

Mengd nib zhuangb guab chub toud guos.

得哥内共度充容，

Des goud neix gongb dus chongb rongb，

召梦嘎纵卜麻周。

Zhaob mengx gad congb pub max zhoub.

进珍叹气同休风，

Jinb zhengd tanb qib tongb xiud fengd，

告召师付否炯偶。

Gaod zhaob shid fub woud jiongb oud.

丫长弄羊叉兵声，

Yad changb nongb yangd chab biongx shongt，

实在几夫得哈篓。

Shib zaib jid fub des had nes.

春元牙要召久孟，

Chunb yuanb yad yaob zhob jiud mengx,

尼昧几转阿偶缪。

Nid weib jid zhuanb ad ous mioud.

斗奶内然最那林，

Dous liet neix rax zuid nad liongx,

随后作成歌一首。

Suib houb zuob chengd guos yid shoud.

扛固牙妹够几拼，

Gangb gud yad meib goud is piongx,

召追几浓够阿柔。

Zhaob zuib jid niongb goud ad rous.

声萨吉话背苟同，

Shongt sead jib huab beid goud tongb,

歌声嘹亮如雷吼。

Guod shengd liaox nangs rux led hous.

老梁洞召起写同，

Laod liangx dongb zhaob qit xied tongd,

吉上录音几见周。

Jid shangb lux yid jid jianx zhous.

尼纵洞单中缪充，

Nid congb dongb danb zhongb mioud chongb,

闲谈歌唱沙阿溜。

Xianb tanx guod changb shab ad liub.

好像尖子吹竹筒，

Haod xiangb jianb zid cuib zhub tongd,

架埋拢除几浓口。

Jiad manx longd chab jid niongb koud.

听歌大众听歌云，听话众人听歌百。

三月之中到清明，保靖人白挑葱香。

花垣歌会去捧浓，送你带队来为长。

七位八个歌有能，七个女人歌才当。

相亲相爱走一轮，没有一句话不讲。

流卡走过到孔坪，卡叫水塘清水涨。
水塘的水深得很，灌溉良田千万乡。
你们走过那里通，惊动龙王三太子。
龙鱼凤鱼出水蹦，凤鱼欢迎喜洋洋。
乌龟壳背如饭笼，鳝鱼大如屋柱梁。
虾子好像草把横，蚂蟥有五尺多长。
还有螃鱼青蛙雄，泥鳅如同擂盐棒。
贫嘴的人起了心，赶快抢捉跑去抢。
正发树友贫嘴很，和妹春元抢快当。
春元小妹力不行，被推倒下在水塘。
身子倒在泥水浸，金妹赶快把她掌。
二姐马上来相应，打脱口说：天啦脚拐骨头受了伤。
拔玉捣药来帮撑，扯得一蔸草药上。
金妹帮她捡围裙，田姐帮助忙又忙。
清连帮她洗干净，脱口阿里哭声响。
正发树友讲相赢，你是装痛做模样。
得哥人老话声轻，伤了莫再笑话讲。
进珍叹气起风云，倒了师父他孬想。
这样又才来出声，实在不服这种扛。
春元小妹受伤疼，只为抢捉鱼才伤。
还有一个帅哥人，随后作成歌言讲。
送与丫妹唱歌云，在后歌唱一阵当。
歌声传去大山林，歌声嘹亮如雷响。
老梁听了喜心中，马上录音好传扬。
是人听话在耳根，闲谈歌唱唱一刚。
好像癫子吹筒声，达你歌唱庆歌堂。

后　记

笔者在本家 32 代祖传的丰厚资料的基础上，通过 50 多年来对湖南、贵州、四川、湖北、重庆等五省市及周边各地苗族巴代文化资料挖掘、搜集、整理和译注，最终完成了这套《湘西苗族民间传统文化丛书》。

本套丛书共 7 大类 76 本 2500 多万字及 4000 余幅仪式彩图，这在学术界可谓鸿篇巨制。如此成就的取得，除了本宗本祖、本家本人、本师本徒、本亲本眷之人力、财力、物力的投入外，还离不开政界、学术界以及其他社会各界热爱苗族文化的仁人志士的大力支持。首先，要感谢湖南省民族宗教事务委员会、湘西州政府、湘西州人大、湘西州政协、湘西州文化旅游广电局、花垣县委、花垣县民族宗教事务和旅游文化广电新闻出版局、吉首大学历史文化学院、吉首大学音乐舞蹈学院、湖南省社科联等各级领导和有关工作人员的大力支持；其次，要感谢中南大学出版社积极申报国家出版基金，使本套丛书顺利出版；再次，要感谢整套丛书的苗文录入者石国慧、石国福先生以及龙银兰、王小丽、龙春燕、石金津女士；最后，还要感谢苗族文化研究者、爱好者的大力推崇。他们的支持与鼓励，将为苗族巴代文化迈入新时代打下牢固的基础、搭建良好的平台；他们的功绩，将铭刻于苗族文化发展的里程碑，将载入史册。《湘西苗族民间传统文化丛书》会记住他们，苗族文化阵营会记住他们，苗族的文明史会记住他们，苗族的子子孙孙也会永远记住他们。

浩浩宇宙，莽莽苍穹，茫茫大地，悠悠岁月，古往今来，曾有我者，一闪而过，何失何得？我们匆匆忙忙地从苍穹走来，还将促促急急地回到碧落去，当下只不过是到人世间这个驿站小驻一下。人生虽然只是一闪而过，但我们总该为这个驿站做点什么或留点什么，瞬间的灵光，留下这一丝丝印记，那是供人们记忆的，最后还是得从容地走，而且要走得自然、安详、果断和干脆，消失得无影无踪……

编　者

2020 年 11 月

图集

古玩歌之呼唤（周建华摄）

古玩歌之单挑对唱（周建华摄）

古玩歌之飞歌（周建华摄）

古玩歌之高腔（周建华摄）

古玩歌之歌手交流（周建华摄）

古玩歌之交流对唱（周建华摄）

古玩歌之情侣对唱（周建华摄）

古玩歌之情趣（周建华摄）

古玩歌之情调（周建华摄）

古玩歌之唱赶秋边边场（周建华摄）

古玩歌之约会(周建华摄)

古玩歌之劳作歌(周建华摄)

图书在版编目（CIP）数据

古玩歌／石寿贵编. —长沙：中南大学出版社，
2020.12

（湘西苗族民间传统文化丛书. 二）

ISBN 978 - 7 - 5487 - 4210 - 4

Ⅰ.①古… Ⅱ.①石… Ⅲ.①苗族－民歌－作品集－
中国－古代 Ⅳ.①I276.291.6

中国版本图书馆 CIP 数据核字（2020）第 191968 号

古玩歌
GUWANGE

石寿贵　编

□责任编辑　刘　莉

□责任印制　易红卫

□出版发行　中南大学出版社

　　　　　　社址：长沙市麓山南路　　　　邮编：410083

　　　　　　发行科电话：0731 - 88876770　　传真：0731 - 88710482

□印　　装　湖南省众鑫印务有限公司

□开　　本　710 mm×1000 mm 1/16　□印张 17.25　□字数 402 千字　□插页 2

□互联网＋图书 二维码内容　音频 2 小时 17 分钟 38 秒

□版　　次　2020 年 12 月第 1 版　□2020 年 12 月第 1 次印刷

□书　　号　ISBN 978 - 7 - 5487 - 4210 - 4

□定　　价　173.00 元